Obra de Gabriel García Márquez
1955

La hojarasca

加西亚·马尔克斯 著
刘习良 笋季英 译

枯枝败叶

南海出版公司

新经典文化股份有限公司
www.readinglife.com
出 品

至于惨死的波吕涅克斯的尸体，据说已经出了告示，不准任何公民收殓，不准为他掉泪，就让他暴尸野外，不得安享哀荣，任凭俯冲而下的兀鹫吞噬他，饱餐一顿。听说，针对你我，或者说针对我，仁君克瑞翁已命人四处张贴这份告示。他也将来到此地，向那些尚不知情的人宣示此令。此事可是非同小可，谁敢抗命不遵，就将死于民众的乱石之下。

——引自《安提戈涅》[①]

[①]古希腊三大悲剧作家之一索福克勒斯（前496－前406）代表作。

蓦地,香蕉公司好似一阵旋风刮到这里,在小镇中心扎下根来。尾随其后的是"枯枝败叶",一堆由其他地方的人类渣滓和物质垃圾组成的杂乱、喧嚣的"枯枝败叶"。这是那场越来越遥远、越来越令人难以置信的内战的遗物。"枯枝败叶"冷酷无情。"枯枝败叶"臭气熏天,既有皮肤分泌出的汗臭,又有隐蔽的死亡的气味。在不到一年的时间里,它就把此前多次浩劫余下的瓦砾通通抛到镇上,并使乱七八糟的垃圾堆满街头。狂风突然以令人头晕目眩的速度搅动着垃圾,垃圾急遽地分化,形态各异。最后,那条一边是小河、另一边是坟茔的穷街陋巷变成了一座由来自各地的垃圾组成的五光十色、面目全非的小镇。

人类的"枯枝败叶"以排山倒海之势把商店、医院、游艺厅、发电厂的垃圾席卷到这里。垃圾里有独身女郎，也有男子汉。男人们把骡子拴在旅店的木桩上，随身携带的行李不过是一只木箱或一卷衣服。没过几个月，他们就成家立业，拥有了两个情妇，还混上个军衔。正因为他们比战争来晚了一步，才得以把这些东西捞到手。

就连那些都市悲伤爱情的垃圾也和"枯枝败叶"混在一起，来到我们这里。她们搭起一座座矮小的木屋，先收拾出一个角落，支起半张行军床，权作露水夫妻幽会的暗室。接着，搞起一条秘密的喧闹街道，最后，在小镇之中又出现了一个谁也管不了的小镇。

人们在大道上支起帐篷。男人们当街更换衣服，妇女们张着雨伞，端坐在箱笼上。一头头的骡子被丢弃，饿死在旅店的马厩里。在这一群像暴风雪或暴风雨般袭来的陌生面孔间，我们这些最早的居民反而成了新来的客人，成了外乡人、外来户。

战后，当我们来到马孔多，赞赏它的肥田沃土的时候，就估计到早晚有一天"枯枝败叶"会涌到这里，但是万万没有料到来势竟如此凶猛。尽管已感到雪崩降临，可我们也只能把盘子刀叉放在门后，坐下来耐心等待这些不速之客来结识我们。这时候，火车的汽笛第一次鸣响了。"枯枝败叶"倾巢而出,前去迎接火车。回来时,他们垂头丧气,然而他们团结起来了,有力量了。"枯枝败叶"经过天然的发酵,终于融入到大地中默默发育的种子里去了。

一九〇九年于马孔多

1

这是我第一次瞧见死尸。今天是礼拜三,可我总觉得是礼拜天,因为我没去上学,妈妈还给我换上了那件有点儿瘦的绿灯芯绒衣服。妈妈拉着我的手,跟在外祖父后面。外祖父每走一步,都要用手杖探探路,免得撞着什么东西(屋里黑幽幽的,看不清楚,他又是一瘸一拐的)。走过立镜前,我从镜子里看到了自己的全身,绿色的衣服,脖颈上紧紧地扎着一条浆过的白带子。我在圆得像满月一样、脏乎乎的镜子里打量着自己,心里想:这就是我,今天像过礼拜天似的。

我们来到停尸间。

屋子里门窗紧闭,又热又闷。大街上传来太阳的嗡嗡声,除此以外什么也听不见。空气停滞不动,凝成一团,似乎能像钢板一样拧几道弯儿。停尸间里，飘浮着一股衣箱的气味。我朝四下里瞧了瞧，一只衣箱也没看到。角落里有张吊床，一头挂在铁环上。一股垃圾味儿直钻鼻孔。我反正觉得，周围的那些破烂玩意儿，那些快要霉烂的物件，看上去就像有股垃圾味儿，尽管它们实际上是另一种气味。

从前，我以为凡是死人都戴着帽子。现在一看，满不是那么回事。原来死人光着头，脑袋青青的，下巴上系着一条手帕，嘴巴略微张开，紫色的嘴唇后面露出带黑斑的、参差不齐的牙齿。舌头朝一边耷拉着，又肥大又软和，比脸的颜色还要暗淡，跟用麻绳勒紧的手指头颜色一样。死人瞪着眼睛，比普通人的大得多，目光又焦躁又茫然，皮肤好像被压紧实的湿土。我本以为死人看上去大概像普通人在静悄悄地睡觉。现在一看，也不是那么回事。死人像是个刚吵过架的、怒气冲冲、完全清醒的活人。

妈妈的穿着也像是过礼拜天：头上戴着压住耳朵的旧草帽，身穿领口封住、袖子长抵手腕的黑衣服。今天是礼拜三，看见她这身装束，我觉得她和我疏远了，像个陌生人。她似乎要跟我说些什么。这时候，抬棺材的人来了，外祖父站起身，迎上前去。妈妈坐在我旁边，背朝着紧闭的窗户，大口大口地直喘粗气，时不时地整理着露在帽子外面的几绺头发。她出来的时候帽子戴得太急，头发没有来得及绾好。外祖父吩咐把棺材撂在靠床的地方。这会儿，我看清楚了，棺材满可以容得下那个死人。刚抬进来的时候，我觉得棺材太小了，似乎装不下这具躺下后跟床一样长的尸体。

我真不明白，干吗把我带到这儿来。这栋房子我压根儿没有进来过，还以为没人住哪。它就在大街的拐角上，很宽敞。在我印象中，房门从来没有打开过。我一直以为是座空房子。今天，妈妈跟我说："下午别上学去了。"她说话的声音很沉重，半吞半吐的，我听了，心里一点儿也不快活。她拿着灯芯绒衣服走过来，一声不响地给我穿上。随后，我们走到大门口，找到外祖父。我们走过三户人家，来到这儿。直到现在，我才知道街角这里还有人住，而且已经去世了。妈妈说："大夫要下葬了，你可得老实点儿。"她指的大概就是这个人。

刚进来的时候，我没有瞅见死人。外祖父在门口和几个人说话。随后，他叫我们先进去。我还以为屋里已经有人了呢。进来一看，房间里黑魆魆、空荡荡的。刚一进门，一股热气扑面而来，垃圾臭味一个劲儿地往鼻子里钻。一开始，这股气味浓浓的，老是不散。现在，它跟热气一样散开了，闻不见了。妈妈拉着我走到房间的角落，然后和我一起坐下。过了一会儿，慢慢地能看清屋里的东西了。外祖父打算打开一扇窗子。窗户和木棂像是焊在一起似的，四周全粘住了。他用手杖敲打插销，外套上落了很多灰尘，一动尘土就飞扬起来。他换了个地方，我也跟着转过脸去。最后，他宣布没有办法打开窗户。就在这时候，我瞧见床上躺着一个人。他在黑地里平躺着，一动也不动。我扭过头看看妈妈。只见她沉着脸，像个陌生人，两眼盯住另一个角落。我的脚够不着地，悬在空中，离地还有一截子。我把手放在腿底下，用手掌撑住座位，两腿晃来晃去，脑子里什么也没想。晃着晃着，我想起了妈妈对我说的话："大夫要下葬了，你可得老实点儿。"想到这儿，我觉得背后冒出一股凉气，扭过头瞅了瞅，只有一面干裂的木板墙。我似乎听见墙里有人说："别晃荡腿啦，床上躺着的就是那位大夫，他已经死了。"我朝床上瞟了一眼，还是老样子。我这才看出来，原来那个人不是躺着，他已经死了。

打那时起，无论我怎么想方设法不去看他，总觉得有人把我的脸扭向那边去。我尽力朝别的地方看，可是不管在什么地方，我总是瞧见他，在黑暗中瞪着两只木呆呆的眼睛，青虚虚的脸上没有一点儿生气。

我不明白为什么没有人来参加葬礼。到这儿来的只有外祖父、妈妈和给外祖父干活的四个瓜希拉人。他们带来一口袋石灰，把石灰全都撒到棺材里去了。要不是妈妈坐在那儿直出神，样子怪怪的，我早就问她干吗要往棺材里倒石灰了。我不明白他们为什么要这样做。倒空了以后，有个人把口袋提溜到棺材上面抖落了一阵儿，剩下的粉末从口袋里撒出来，看上去不大像石灰，倒很像锯末。那几个瓜希拉人抓住死者的肩头和两脚，把他抬起来。死者穿着一条普通的裤子，腰里系着一根宽宽的黑带子，上身是一件灰不溜丢的衬衫，只有左脚穿着鞋。阿达①说过，这叫一只脚是国王，一只脚是奴隶。右脚的鞋扔在床头上。看起来，死者躺在床上不大好受，放进棺材里就舒坦多了，平静多了。他那张脸本来像刚吵完架的清醒的活人的脸，这会儿，变得心平气和了，轮廓也柔和多了，也许是因为他觉得躺在棺材里才符合死人的身份吧。

外祖父在房间里走过来走过去，拣起几件东西，放进棺材里。我又转过脸来瞅着妈妈，等着她告诉我为什么外祖父要把东西扔进棺材。可是，妈妈蜷缩在黑衣服里，态

---
①即后文"阿黛莱达"的昵称。

度十分冷漠，竭力不去看死人所在的地方。我也想学她的样子，可是办不到。我目不转睛地盯住那块地方，没完没了地看。外祖父朝棺材里丢进一本书，然后冲着那几个瓜希拉人打了个手势。他们当中的三个把棺材盖盖上了。这下子，我觉得扳着我脑袋的那双手总算松开了，我这才能够仔细瞧瞧这个房间。

我又朝妈妈看了一眼。自从来到这栋房子以后，她第一次看我，勉强挤出个笑脸。忽然远处传来火车的汽笛声，这是火车在拐过最后一个弯道。我听见停尸的那个角落有什么响动。看了看，一个瓜希拉人正抬起棺材盖的一头，外祖父把死者落在床头的鞋子扔了进去。汽笛又响了，声音越来越远。猛然间我想到："两点半了。"我记得每天这个时候（就是火车在最后一个弯道鸣汽笛的时候），同学们正好在校园里列队，准备上下午的第一节课。

"亚伯拉罕！"我在想。

我真不该带孩子来。这种场面对他很不适宜，就连像我这样快三十的人，对这种停尸待殓的压抑气氛，都感到很不舒服。我们可以现在就走。我可以对爸爸说：十七年来，这个人和外界断绝了一切往来，什么爱人之心啊，什么知遇之恩啊，他一概不懂。待在这种人住过的屋子里，实在太不舒服了。兴许只有爸爸才对他有点好感。正是因为这种莫名其妙的好感，他才不至于烂在屋子里。

这件滑稽可笑的事情真教我挠头。过一会儿，我们就要走到大街上，跟在这口只会教镇上人人感到兴高采烈的棺材后面。一想到这儿，我心里就惴惴不安的。不难想见，女人们从窗口望见爸爸、我和孩子跟在灵柩后面走过街头时，会露出什么样的表情。棺材里的人行将腐烂了。全镇居民都巴不得他落到这样的下场：在冷冷清清的气氛中被送往墓地，只有三个人跟在棺材后面。我们的善举，到头来难免惹得一身臊。可爸爸拿定主意硬是要这么干。为了这个，等到将来给我们出殡的时候，恐怕没有一个人愿意前来吊唁。

大概正是因为这个，我才把孩子带到这儿来。刚才爸爸对我说："你得陪我走一趟。"我脑海里闪过的第一个念头就是把孩子带来，也好有个依靠。现在，在这个闷热的九月的下午，我们待在这儿，觉得周围尽是恶狠狠的仇敌。爸爸没什么可担心的。事实上，在一生当中他净揽这种差事，惹得镇上人人恨得咬牙切齿。为了履行微不足道的诺言，他一点儿也不肯随俗。二十五年前，这个人来到我们家的时候，爸爸看到来客举止荒诞，大概早已料到今天镇上甚至没有人愿意拿他的尸体去喂兀鹫。也许爸爸早就预料到各种各样的问题，早就掂量过、盘算过可能出现的麻烦。现在，二十五年后的今天，他一定以为眼下不过是在了却多年的心事。即使需要亲自动手，拖着尸体走过马孔多的大街小巷，他也要硬着头皮干到底。

然而，事到临头，他又不敢单枪匹马地干了，非得拖着我一道去履行这个令人作难的诺言，这个早在我懂事以前就许下的诺言。当他说"你得陪我走一趟"的时候，根本不容我掂量掂量这句话有多大分量。给这么个人料理后事该有多么可笑，会招来多少闲话，我真是无法想象。镇上的人巴不得他在这个狗窝里变成一抔黄土。他们不仅如此希望，而且做好了一切准备，以迎接事情一步步地发展成今天这个样子。他们由衷地盼望着这个结局，一点儿也不感到愧疚，甚至可以说，待有朝一日，死者腐烂的尸体散发出的刺鼻气味弥漫全镇，他们才开心呢。当这个期待已久的时刻终于来到时，谁也不会感到震动、惊愕或羞惭，相反，他们只会觉得心花怒放。他们希望情况继续发展下去，直到死鬼的恶臭到处飘散，才算稍解心头之恨。

现在我们一插手，马孔多的居民就享受不到梦寐以求的快乐了。我觉得，在某种程度上，我们的决心不会使他们为一时失去快乐而感到悲哀，只会为这一时刻的姗姗来迟而感到遗憾。

既然如此，我更应该把孩子留在家里，免得他也卷进这场纠葛。十年来，人们把矛头对准大夫，如今要对准我们了。孩子应该置身这场纠纷之外。他甚至不明白为什么他要待在这儿，为什么我们把他带到这间杂堆着废物的房子里来。他一语不发，困惑不解，似乎希望有人给他解释一下究竟是怎么回事。他坐在那里，手撑住椅子，摇晃着双腿，等着有人给他解开这个不解之谜。但愿不会有人告诉他什么，但愿不会有人给他打开那扇无形的大门，还是让他尽自己的所能去理解这些事吧。

他看了我好几次，我心里明白，他是觉得我穿上这件封领的衣服，戴上这顶旧帽子，显得那么反常、那么陌生，就连我自己也认不出自己了。

假使梅梅还健在，还住在这栋房子里，情况也许会有所不同。人们会以为我到这儿来是为了她，为了分担她的痛苦。或许她一点儿也不伤心，但是她可以装出悲痛的样子，镇上的人也就释然了。约莫十一年前，梅梅失踪了。大夫这一死，我们再也无法知道梅梅流落何方，或者她已经死了，那也无法弄清她的遗骨埋在何处。现在梅梅不在这里了。纵然在这里——倘若那些谁也搞不清楚的事情没有发生——她也很可能和全镇的人站在一边，反对六年中和她同衾共枕的人。此人对她的爱恋、对她的体贴，和一头骡子相去无几。

我听见火车在最后一个弯道上鸣汽笛的声音。我想："两点半了。"这会儿，整个马孔多都注视着我们在干些什么。我总是排遣不掉这个念头。

我想到瘦骨嶙峋、又干又瘦的雷薇卡太太。从衣着到眼神，她活像一个幽灵。她坐在电风扇前，纱窗在她脸上投下晦暗的阴影。火车在最后的弯道那里消失时，雷薇卡太太探着身子把脑袋伸向风扇。燠热的天气和胸中的积怨折磨着她。她心中的风车翼正如风扇的叶片一样飞快地旋转着（然而转的方向恰好相反）。她这一生都被生活琐事紧紧缠住，只听她嘟嘟囔囔地说："到处都有魔鬼捣乱。"说完，她不禁打了个冷战。

下肢瘫痪的阿格达眼瞅着索莉塔送别未婚夫从车站回来。只见她拐过空寂无人的街角，打开阳伞，满面春风地走过来。这种欢悦心情，阿格达也曾有过，如今却只剩下一身的病。她常对自己说："在床上折腾吧，就跟猪在垃圾堆里打滚一样。"

我排遣不掉这些想法。两点半钟，送信的骡子来了，蹚起一股呛人的灰尘。人们放弃了礼拜三的午睡，跟在骡子后面，等着取报纸。安赫尔神父坐在圣器室里打瞌睡，臃肿的肚皮上摊开一本每日祈祷书。听见送信骡子嘚嘚的蹄声，他挥挥手赶跑搅扰美梦的苍蝇，一边打嗝一边说："净用肉丸子毒害我。"

爸爸对所有这些事可说是镇定自若。即使在他吩咐打开棺材盖，把落在床头的鞋子丢进去的时候也是如此。也就是他吧，有这份心思替死鬼操办这些琐事。等到我们把死尸送出去，门口准会聚着一群人，端着夜间积攒下来的屎尿，等着把秽物泼到我们身上，聊表全镇居民的意愿。要是发生了这种事，我一点儿也不会感到惊讶。冲着爸爸，他们或许不会这么干。不过，有些事的确会惹火他们，比如看不到那件盼了多年的开心事。在许多个闷热的下午，镇上的人，不分男女老少，每逢走过这栋房子，都要说："早晚有一天，吃中饭的时候就会闻到那股臭味。"整个镇上的人都异口同声地这么说。

再过一会儿就到三点钟了。塞尼奥莉塔知道快三点了。雷薇卡太太看见她走过来，暂时离开了电风扇，躲在纱窗后面叫住她,对她说:"塞尼奥莉塔,都是魔鬼。你知道吗?"我心里想,我的孩子明天上学去的时候,还和从前一样吗?不,他会变成一个完全不同的孩子。他将长大成人,娶妻生子,最后撒手一走,谁也不觉得欠他什么人情,谁也不会为他举行基督徒的葬礼。

二十五年前,大夫来到我们家,交给爸爸一封推荐信,谁也不知道信是从哪儿来的。随后,他留在我们家,成天吃青草,一看见女人就瞪起那双贪婪的狗眼,眼珠子都差一点要瞪出来。要是没有这些事,我现在待在这间屋子里会十分坦然。可是,这场报应早在我出生之前就已经命中注定了,只不过一直秘而不宣,直到我快满三十周岁的这个该死的闰年。爸爸对我说:"你得陪我走一趟。"我还没来得及问一问,他就用手杖敲着地板说:"孩子,这件事总得办啊。今天一大早,大夫上吊了。"

那几个瓜希拉人出去了,回来的时候拿来一柄锤子和一盒钉子。他们把东西撂在桌上,没去钉棺材,而是一屁股坐在刚才停尸的床上。外祖父表面上很平静,不过,他不像是心里没有一点事,而是无可奈何。他的平静是内心焦躁的人为了掩饰焦急的心情而强装出的平静,和棺材里那具死尸的平静完全不同。他一瘸一拐地在屋里转圈子，把堆放在一起的东西挪来挪去。看得出来，在表面的平静下，他的内心十分激动和焦急。

我发现屋里有几只苍蝇，忽然想到棺材里可能也尽是苍蝇。这个念头折磨着我。棺材盖还没钉上。这种嗡嗡声——起先我以为是邻居家电风扇的声音——说不定就是成群的瞎眼苍蝇乱撞棺材板和死人脸发出来的。我摇了摇脑袋，合上眼睛。外祖父打开一只箱子，从里面拿出几样东西，我没看清是什么。床上仿佛没有人，只有四支雪茄的红火头。屋里又闷又热，时间停滞不动，苍蝇嗡嗡乱叫，弄得我头昏脑涨。我仿佛听到有人对我说："你也会这样的。你也会躺在一口满是苍蝇的棺材里。现在你还不到十一岁，可总有一天你也会这样的，被人抛进一口满是苍蝇的木匣子里。"我伸直两条并拢的腿，瞧着漆黑发亮的靴子。"鞋带松了。"我心里想，抬头看了看妈妈。她也看看我，弯下身子来给我系鞋带。

从妈妈的头上飘散出一股热烘烘的柜橱里的霉味儿。闻到这股糟木味儿，我又想起了闷在棺材里的难受劲儿。我憋得喘不过气来，恨不得马上离开这里，到街上去透透气，哪怕呼吸几口灼热的空气也好。想到这儿，我使出了我的撒手锏。妈妈正要直起腰来,我小声地说:"妈妈!"她笑了笑,说:"啊。"我俯下身子,贴近她棱角分明、闪闪发光的脸,哆哆嗦嗦地说:"我要到后面去一趟。"

妈妈叫了声外祖父,跟他说了几句话。我看见外祖父细长的眼睛在镜片后面一动不动。他走过来对我说:"懂点事,现在不能去。"我伸了个懒腰,老实下来了,不能去就不去呗。唉,真是慢死人。刚才还快一些,一件事跟着一件干。妈妈又俯下身来,凑近我的肩头,问我:"过去了吗?"她说话的声音很严厉,口气挺硬,似乎不是在问我,而是在责备我。我的肚子本来硬邦邦的,妈妈这一问,反而把我的肚子问软了,又满又松弛。周围这些事,还有妈妈的那股厉害劲儿,真教人恼火,我不由得要顶撞几句。"没有,"我说,"还没过去。"我使劲地揉了揉肚子,打算再用脚跺跺地板(这也是我的拿手好戏)。但脚往下一踹,底下空空的,离地还有一大截呢。

有人走进房间。是外祖父手下的一个人,后面跟着一名警察。还有一个人,也穿着草绿色的卡其布裤子,腰里别着把手枪,拿着顶宽沿帽,帽檐卷成弯儿。外祖父迎上前去。穿绿裤子的那人在昏暗的屋子里咳嗽了一阵儿,跟外祖父讲了几句话,然后又咳嗽了一阵儿,一边咳一边命令警察把窗子砸开。

木板墙一点儿也不结实，仿佛是用冻结的草木灰盖的。警察用枪托猛砸了一下弹簧锁。我琢磨着：窗户是打不开的，但恐怕墙壁就要塌了，整座房子也会倒塌，只是一点儿声音也不会有，就像一座草木灰搭成的宫殿散落在空中一样。我心里想，再砸一下，我们就坐在大街上了，头顶着毒日头，脑袋上全是破砖碎瓦。可是砸过第二下，窗居然应声开了。阳光一下子冲进来，如同一只猛兽破窗而入，一声不响地东跑西窜，淌着口水，四处闻嗅，狂暴地挠着墙壁，最后，在这牢笼里找了个最阴凉的角落，悄悄地卧了下去。

窗户一打开，屋里的东西看得清楚了，可是越发显得飘忽不定，跟假的一样。妈妈长长地舒了口气，把手伸给我，对我说："过来，到窗户那儿去看看咱们家。"于是，在她的怀抱中我又看到了小镇，好像出了一趟远门又回来似的。我瞧见了我们家。房子虽说暗淡陈旧，可是在杏树下显得很阴凉。从这里望过去，我似乎觉得从来没有在那栋绿荫森森、令人感到亲切的房子里住过，似乎我们家是神话中最漂亮的房子。每逢我晚上做噩梦时，妈妈就是这么说的。佩佩，我们街坊的孩子，心不在焉地走过去，没有看见我们。

他吹着口哨,我觉得他像是刚剃过头,模样变了,认不出来了。

镇长直起腰来,敞着衬衣,满身大汗,表情怪模怪样的。他走过来对我说:"那人还没发臭,我们不能断定他已经死了。"他为自己编造的这套说辞激动得满脸通红。说着话,他扣好衬衫,点上一支烟,把脸又扭向棺材。他大概在想:"这样总不能说我目无法纪了吧。"我盯着他的眼睛,用坚定的目光逼视着他,好教他明白我看到了他思想的最深处。我说道:"您这是为了迎合别人,不惜置法律于不顾。"而他好像正等着这句话呢,当即答道:"上校,您是位受人敬重的人。您应该明白,我是在行使我的职权。"我说:"他已经死了,这一点您比谁都清楚。"他说:"是那么回事。不过,不管怎么说,我只是个公务员。只有死亡证明书才算数。"我说:"既然法律都站在您那边,您大可以叫位医生来,开一张死亡证明书嘛。"他仰着脑袋,摆出一副不卑不亢的样子,毫不示弱地一字一句地说:"您是位受人尊敬的人。您很清楚,这种行为叫滥用职权。"听他这么说,我意识到,他虽然刚喝过酒,又胆小怕事,可一点儿也不糊涂。

看得出来，和全镇居民一样，镇长也对死去的大夫怀有刻骨的仇恨。这种仇恨由来已久。十年前那个狂风暴雨之夜，他们把受伤的人抬到大夫家门口，大声喊叫（因为他不肯开门，只在门里边说话）："大夫，您来看看伤员吧，别的医生顾不过来啦。"他硬是不肯开门（门关得死死的，伤员躺在大门口）。"我们只剩下您这一位大夫了。您可得发发慈悲呀。"闹哄哄的人群估摸着他一定是站在屋子中央，手里举着灯，灯光照得他那两只冷酷的黄眼睛闪闪发光。他回答说（还是没有开门）："治病的事儿我全忘光了，把他们抬到别处去吧。"外面混乱的人群要是闯进来可不得了，而他还是坚持不开门（打那以后，这扇门就再没开过）。门外群情激愤，人们越来越恼火，怨恨的情绪竟然成了一种群体性病毒，人人都受到感染。在大夫的晚年，马孔多无时无刻不在回响着那天晚上人们发出的咒语：让大夫在这栋房子里腐烂发臭吧！

一连十年，他连镇上的水都不敢喝一口，害怕有人在水里下毒。他和他那个印第安姘妇在院子里种瓜种菜，十年当中就靠着瓜菜充饥。十年前他不肯对镇上人发善心，现在全镇的人也不肯对他发善心。得知他死讯的马孔多（今天早上大家醒来的时候，一定都比往常感到轻松愉快），人人都准备欢庆这件期待已久、值得庆祝一番的大喜事。大家一心只盼着从那扇十年前没打开的大门后飘散出死人腐烂的臭气。

现在我开始明白了,真犯不上跟全镇居民对着干,多管这档子闲事。现在是惹得天怒人怨。仇恨未消的人们恶狠狠地盯着我。就连教会也千方百计地阻挠我的主意。刚才安赫尔神父对我说:"我不能答应把一个六十年来不信上帝、最后悬梁自尽的人安葬在教堂公墓。您要是撒手不管这件事,主一定会保佑您的。这可不是行善积德,而是违抗天意的罪过。"我说:"圣经上说,安葬死人是积德的事。"安赫尔神父说:"对是对,可这不是我们的事,是卫生局的事。"

来的时候,我把那四个在我家里长大的瓜希拉长工叫了来,还把女儿伊莎贝尔强拉来陪我。这么一来,丧事多少有点儿家庭气氛,有点儿人情味。要是我一个人拖着尸体走过镇上的大街小巷,直送到墓地,那岂不是有点硬逞强,甘犯众怒吗?自从本世纪初以来,镇上发生的各种各样的事我都亲眼见过,我知道马孔多人是什么都干得出来的。虽说我上了年纪,是共和国的一名上校,腿脚不灵便,又为人耿直,可是人们照样可以不尊重我。假如真是这样的话，我希望他们至少要尊重我的女儿，毕竟她是妇道人家嘛。我这么干不是为了我自己，或许也不是为了让死者在地下安息，更不是为了履行一个神圣的诺言。我把伊莎贝尔带来，不是因为我怯懦，我只是拉她一起来行善。她把孩子也带来了（我估摸着她也是这个想法）。现在我们三个人待在这里，共同挑起这副沉重的担子。

刚才来到这儿的时候，我以为尸体可能还悬在梁上。其实那几个瓜希拉长工已经抢先一步，把他放倒在床上，装裹好了。他们也许认为这事耽搁不了一个钟头。我到这儿的时候，就等着把棺材抬来了。女儿和外孙坐在一个角落里。我打量了一下房间，心想大夫可能会留下点儿东西，说明他为什么要寻短见。文件柜开着，里面堆放着乱七八糟的纸片，可没有一张是他写的。柜子上放着那张表格，裱糊得很好，就是二十五年前他带来的那张表格。当时他打开那只大箱子（箱子大得足以放下我们全家的衣服），里面只有两件普通衬衫、一副假牙（显然不是他的，他满口牙齿长得又结实又齐全）、一张照片和一份表格。我拉开抽屉，里面只有一些印着字的纸张，都是积满灰尘的旧纸。下面，在最底下的抽屉里，是二十五年前他带来的那副假牙。由于长期搁置不用，假牙上全是尘土，已经发黄了。

在小桌子上，熄灭的灯旁，有几捆未启封的报纸。我看了看，都是法文报纸，最新的是三个月前，一九二八年七月的，还有几捆是一九二七年一月和一九二六年十一月的，最早的则是一九一九年十月的。我心里想：自从镇上的人给他下了判决书，他已经九年没有打开报纸了。从那时起，他便放弃了他和自己的土地及同胞的最后一点联系。

那几个瓜希拉长工把棺材抬了进来，把尸首入了殓。我忽然想起，二十五年前他到我家来的那天，曾经当面交给我一封推荐信。信从巴拿马来，是奥雷里亚诺·布恩迪亚上校写给我的。当时正是大战后期，上校担任大西洋沿岸的总军需官。我又在那只黑黢黢的无底箱里把七零八碎的东西翻腾了一遍。箱子丢在一个角落里，没有上锁，里面装的还是二十五年前他带来的那些东西。我记得是两件普通衬衫、一副假牙、一张照片和一张裱糊好的旧表格。在盖上棺盖以前，我把箱子里的东西掏出来，扔进棺材里。照片还是在箱底，上次在哪儿，这次几乎还在哪儿。这是一张佩戴勋章的军人的银版照片。我把照片扔进棺材，把假牙也扔了进去，最后把表格也扔进去了。扔完了以后，我对那四个瓜希拉人做了个手势，要他们盖上棺材盖。我想：现在他又要去旅行了。这最后一次旅行理所当然地要带上他前一次携带的东西。这是最自然不过的事。直到这时,我才第一次感觉到,他终于得到了安息。

我检查了一下房间,看到床上落下了一只鞋。我手里拿着鞋子,向长工们打了个手势,他们又把棺材盖抬了起来。这时候,刚好火车拉响汽笛,随即在镇子的最后一个弯道那儿消失了。"两点半了。"我想。一九二八年九月十二日的两点半。死者第一次坐在我们家的桌旁要青草吃的时候,大概就是一九〇三年同一天的几乎同一个时辰。当时阿黛莱达问他:"什么草,大夫?"他带着浓重的鼻音,用反刍动物特有的那种慢吞吞的声音说道:"普通的草,夫人。就是驴吃的青草。"

2

梅梅的确不在这儿住了,谁也说不准她到底是什么时候离开的。我最后一次看见她,是在十一年前。当时,她在这儿开了一家小药店,对街坊四邻总是有求必应,不知不觉中,药店变成了杂货铺。梅梅手脚勤快,持店有方,把小铺子收拾得井井有条,货色十分齐全。白天,她用多梅斯蒂克牌缝纫机(当时小镇上一共有四台)给人家做针线活,要不就站在柜台后面招呼顾客。她总是保持着印第安妇女那种特有的和蔼可亲的神情,又大方又含蓄,既显得天真烂漫,又对外界有所防范。

自从梅梅离开我们家,我好长时间没见到她。说实在的,谁也说不准她究竟是什么时候来到大街拐角和大夫一起过日子的,为什么她会这么贱,居然嫁给一个拒绝给她看病的男人。当时他们俩都住在爸爸家里，一个相当于养女，另一个则是食客。听继母说，大夫为人真不怎么样。梅梅闹病那天，他一个劲儿地劝说爸爸，要他相信梅梅的病不要紧。其实呢，他根本没去看梅梅，连他自己房间的门都没出。不管怎么说，即使梅梅的病只是头疼脑热，他也应该给她瞧瞧。不说别的，单凭他在我们家一住就是八年，我们从来没有亏待过他，他也总该知恩图报吧。

我不知道后来又出了什么事。我只记得，一天清晨，梅梅不见了，大夫也不见了。继母把大夫住的那间房子一锁，此后绝口不再提起他了，直到十二年前给我缝嫁衣的时候，才又说起了他。

在梅梅离开我们家三四个礼拜后的一个礼拜天，她到教堂去望八点钟的弥撒。她身穿簌簌作响的印花绸衣服，头戴一顶滑稽可笑的帽子，帽顶插了一束纸花。以往在家里的时候，我见她总是衣着朴素，经常光着脚。那个礼拜天，她一走进教堂，我还以为来了另外一个梅梅呢。她在前排，挺直了腰板夹在太太小姐们当中，装模作样地望弥撒，脑袋上顶着一大堆七零八碎的东西，花里胡哨的像是戏子的行头。她跪在前排。就连她望弥撒的那股子虔诚劲儿，也令人感到陌生，画十字的架势也透着俗气。知道她是我们家女佣的人，见她打扮得如此花枝招展地走进教堂，都十分惊诧。从没有见过她的人也吓了一跳。

我（那时候大概不到十三岁吧）问自己：梅梅怎么会变成这副模样，为什么她要离开我们家，又为什么这个礼拜天出现在教堂里，打扮得与其像贵妇，不如说像圣诞节时装扮起来的圣像。她那套衣服足够三位夫人在复活节穿起来望弥撒，剩下的玻璃珠和花带子还够另一位夫人打扮。弥撒一结束，男的女的都聚集在教堂门口等她出来。他们在门口站成两排，脸冲着教堂的大门。现在想起来，他们默不作声地守候在那里，脸上挂着不冷不热、不咸不淡的神情，八成是暗地里商量好了。梅梅走到门口，闭上了眼睛，紧接着又把眼睁开，顺手打开那把五颜六色的小阳伞。梅梅穿着高跟鞋，在两排善男信女中间橐橐地走着，活像一只孔雀，样子十分可笑。一个男人拦住她的去路，随即，她被人群围起来了，只见她惊慌失措、狼狈不堪，强挤出个笑脸来。那副矫揉造作、假里假气的神态，跟她那身打扮倒是挺匹配的。在梅梅走出教堂，打开阳伞，朝前迈步的时候，爸爸正好站在我旁边。他拖着我朝人们走过去。在人群合拢时，爸爸已经走到了正要夺路而逃的梅梅身边。他伸手拉住梅梅的胳臂，把她带到广场中央，对周围的人根本不屑一顾。那时候,他显得那么傲慢,那么目中无人,就和他平常违反众意硬是要干某些事时一样。

过了一段时间,我才知道梅梅不过是和大夫姘居。当时,小药店已经开张,梅梅依然像华贵的夫人一样去望弥撒,根本不管人们会怎么说或怎么想,似乎忘却了第一个礼拜天发生的事。又过了两个月,教堂里再也看不到她的身影了。

我还记得大夫在我们家里住的那阵子是什么样。他留着一撮小黑胡子,朝上翘着,一看见女人,那双狗眼里就闪露出淫荡、贪馋的目光。我从来不和他亲近,大概是因为我把他看成一头奇怪的畜生。每天大伙儿吃完饭站起来以后,他还坐在桌子边,大吃喂驴的青草。自从他拒绝救治伤员的那天夜里起——再往前六年,他还拒绝过给梅梅看病,可是过了两天,梅梅反而成了他的姘妇——直到三年前爸爸生了一场病,其间,他一次也没从大街拐角的这栋房子里走出来过。早在镇上居民对大夫进行宣判以前,杂货铺就关门了。不过,我知道梅梅还住在这里。铺子歇业以后,她又住了几个月甚至几年。而她的失踪要晚得多,至少人们知道她失踪的消息要晚得多。贴在他家大门上的那张匿名帖就是这么说的。据帖子上说,是大夫把梅梅杀害了,把她埋在了菜园子里,怕的是镇上人通过梅梅加害于他。不过,我在结婚之前见过梅梅。那是十一年前。有一天,我做完念珠祈祷回来,梅梅走出店门,高兴地用带点揶揄的口吻对我说:"恰薇拉①,你都快结婚了,也不跟我打个招呼。"

"是啊,"我对他说,"应该就是这么回事。"说着我拉直那根绳子,绳子的一头还留着刀子拉的新碴儿。我把长工们往下解尸体时割断的绳子又绾了个扣,把绳子一头扔过房梁,挂在了梁上。真结实,能经得住好几个像大夫那样想上吊的人。镇长用帽子不停地呼扇,屋里闷热,他又刚喝过酒,脸上红扑扑的。他抬头望着绳套,一边估量着能有多结实,一边说:"这么根细绳根本挂不住他呀。"我说:"这是吊床上的绳子,他在上面睡了好多年了。"他挪过一把椅子,把帽子交给我,试着把头往绳套里伸了伸,脸挣得通红。然后,他站在椅子上,眼睛睨着悬在空中的绳子,对我说:"不可能。这绳套还够不着我脖子哪,套不进去啊。"我明白了,他是成心胡搅蛮缠,设置障碍,阻挠给大夫举办葬礼。

---
①伊莎贝尔的昵称。

我脸对脸地瞧着他，打量着他。我说："您没有注意到他至少比您高一头吗？"他扭过头去瞧了瞧棺材，说道："不管怎么样吧，说他是用这根绳子上吊的，我没有把握。"

我心里有数，事实就是如此。其实他心里也明白，就是故意耽搁时间，怕给自己找麻烦。他漫无目的地踱来踱去。我看出来了，他心里发虚。他担心的是两件互相矛盾的事：拦着不让下葬，固然不好；吩咐举办安葬仪式，怕也不行。他走到棺材跟前，一转身，冲着我说："除非我亲眼看见他吊在那儿，否则我很难相信。"

我一气之下真想下个命令，叫长工们打开棺材，把悬梁自尽的人再吊起来，就像刚才那样。但是，我女儿恐怕承受不了，我外孙也是，她本就不该把他带来的。尽管这样对待死者，凌辱一具不能自卫的肉体，搅扰一个刚刚在棺材里安息的人，于我倒是无所谓的。挪动一具宁静地躺在棺材里尽情歇息的尸体，并不违反我的处世原则。我满可以把死者重新吊起来，只为了看看那家伙究竟能有多得寸进尺。但是，不能这样做。我对他说："您放心，我是不会下这种命令的。如果愿意，您可以自己动手把他吊起来。出了什么事，由您负责。请记住，我们可不知道他死了多久了。"

他没有动，还是站在棺材旁边，两眼望着我，接着扫视了一下伊莎贝尔和孩子，然后又瞅着棺材。忽然，他脸向下一沉，咄咄逼人地说："您心里该明白，会出什么事。"我很清楚，他不过是想吓唬吓唬人。我说："那是自然。我这个人就是敢作敢当。"他两手交叉，满头大汗地朝我走过来，想用某套精心设计的滑稽动作把我给镇住。他说："请问，您是怎么知道这个人昨天晚上上吊的呢？"

我等他走到跟前，一动也不动地瞄着他，直到他呼哧呼哧喷出的热气扑打到我脸上。他站住脚步，还是交叉着两手，一只手在腋后晃动着帽子。这时候，我对他说："如果您是代表官方向我问这个问题，我很乐意回答。"他还是站在我面前，保持着原来的姿势。听见我的话，他既不吃惊，也不慌张。他说："当然了，上校。我是代表官方向您提问。"

我准备详详细细地把这件事讲一讲。我相信不管他要兜多少圈子，只要我态度坚定又耐心冷静，他最后总得让步。我说："是他们几个把尸体解下来的，我总不能老让他挂在那儿，等您决定好什么时候来。两个钟头以前，我就去请您。总共才隔着两条街，您可是整整走了两个钟头。"

他还是纹丝不动。我拄着手杖，站在他面前，身体略向前倾。我讲道:"再说,他还是我的朋友。"没等我说完,他就撇着嘴笑了笑,还是原来那个姿势,把一股酸臭气喷在我的脸上。他说:"这算得上世上最省事的解释了,是不是?"他突然把脸一绷,说:"照这么说,您早就知道他要上吊喽?"

我知道他是在故意找麻烦。于是我耐心、口气缓和地说:"我再重复一遍,我刚一知道他上吊的消息,就立刻赶到您的住所,这是两个钟头以前的事了。"他连忙说:"我正在吃午饭。"似乎我这句话不是在说明事实,而是在向他提问。我说:"我知道。我想恐怕您连午觉都睡过了吧。"

这么一来,他没话说了,向后退了一步,朝坐在旁边的伊莎贝尔睃了一眼,又看了看那几个长工,最后目光落在我身上。他的表情不大一样了,好像琢磨了一会儿,终于打定了主意。他转身朝警察走去,嘀咕了几句。警察做了个手势,出去了。

随后,他朝我走过来,拉住我的胳臂说:"我想跟您到隔壁房间谈一谈,上校。"他的口气完全变了,声音里透着紧张慌乱。我朝隔壁房间走去,他用手轻轻架着我的胳臂。哦,我竟然知道他要跟我说些什么。

这间屋子和那间不同,又宽绰又凉快。庭院里的阳光照得屋里亮堂堂的。他的眼神惊惶不安,笑得颇不自然。只听他说:"这件事只能这么办了……"没容他说完,我就抢着问:"要多少?"一听这句话,他又完全变成另外一个人了。

梅梅端来一盘甜点心和两个小咸面包,这还是她从我妈妈那里学来的。时钟敲过九点。在店铺后面,梅梅坐在我对面,味同嚼蜡地吃着,毫无食欲,仿佛甜点心和小面包只是用来留客。我是这么理解的,于是就任凭她尽情回忆。缅怀过去,梅梅流露出无限的眷恋和惆怅之情。在柜台上那盏昏暗的油灯下,她比戴着帽子、穿着高跟鞋走进教堂的那天显得憔悴多了,苍老多了。很明显,那天晚上梅梅特别怀念当年的生活,似乎这些年来她的年龄一直静止不动,时间也根本没有流逝,直到那天晚上回首往事,时间才又流动起来,她也才开始经历姗姗来迟的衰老。

梅梅直着腰坐在那里,神色凄然。她谈起上世纪末大战以前我们家绚丽多彩的田园生活。她回忆起我妈妈。就是我从教堂回来,她和我开玩笑(她用带点揶揄的口吻对我说:"恰薇拉,你都快结婚了,也不跟我打个招呼。")的那天晚上,她回忆起我妈妈的。而我在那段日子里也特别想念妈妈,正尽力回忆她的模样。"她跟你长得一模一样。"

梅梅说。而我真的相信她。我坐在梅梅对面,听她说话的口气,有时挺有把握,有时又含含糊糊,似乎在她的回忆中有许多是不可信的传闻。不过,她是出于一片好心,她甚至相信时光的流逝已经把传闻变成了遥远的、难以忘怀的真人真事。她说,战争期间我父母背井离乡,逃亡在外,经过长途跋涉,终于在马孔多落下脚来。为逃避兵祸,他们到处寻找一个又兴旺又静谧的安身之处,听人家说这一带有钱可赚,就找到这里。那时候,这儿还是个正在形成的村落,只有几户逃难的人家。他们竭力保留传统的生活方式,恪守宗教习俗,努力饲养牲口。对我父母来说,马孔多是应许之地,是和平之乡,是金羊毛[①]。他们找到了合适的地方,就动手重建家园,没过几年,就盖起了一所乡村宅院,有三个马厩和两间客房。梅梅不厌其详地追忆这些细节,谈到各种荒诞不经的事情,恨不得让它们都重演一遍。这当然是办不到的,为此她很伤心。她说:"一路上,倒也没遭什么罪,从没缺吃少喝。"就连那几头牲口也在蚊帐里睡觉。这倒不是因为爸爸是个疯子,或是有钱没处花,而是因为妈妈是个大慈大悲的人,特别讲究人道。她

[①] 希腊神话中一只会飞的公羊克律索马罗斯身上的毛。金羊毛不仅象征着财富,更象征着对幸福的追求。

认为，在上帝看来，保护人不受蚊虫袭击和保护牲口不受蚊虫袭击，同样都是天大的好事。不管走到哪儿，我父母总是带着一大堆稀奇古怪、碍手碍脚的东西。箱子里装着祖辈的衣服，这些老人早在我父母出生以前就去世了，他们的尸骨即使掘地几十米也未见得能找到。盒子里的炊具则早就没人用了，是我父母（他们是表兄妹）的远房亲戚传下来的。甚至还有一个装满圣像的箱子。每到一处，他们就用这些圣像搭起一座家用的神坛。全家简直就是一个古怪的戏班子，有几匹马，几只母鸡，还有四个在我们家长大的瓜希拉长工（他们都是梅梅的伙伴）。他们跟着爸爸到处流浪，仿佛马戏团里的驯兽。

梅梅回忆往事，不胜凄怆。看起来，她似乎把时光的流逝看成是个人的损失。她那被回忆揉碎的心灵在想：倘若时光静止不动，她岂不是还在路上游逛吗？长途跋涉对我父母来说固然是一次惩罚，但对孩子们来说，却像过节一样。有些场面还颇为罕见呢，比如睡在蚊帐里的牲口。

她说：打那以后，事事就都不遂心了。上世纪末，疲惫不堪的一家人来到刚刚出现的荒村——马孔多，对刚刚遭到战争破坏的往昔美好生活还恋恋不舍。梅梅想起了刚到这儿时我妈妈的情况。她偏着身子骑在一头骡子上，挺着个大肚子，面色焦黄，像得了疟疾似的，两只脚肿得沾不了地。我爸爸心里恐怕也不太满意，可他还是不顾风险浪恶，预备要在这儿扎下根来，等着妈妈临盆。在跋涉途中，孩子在妈妈腹内逐渐长大。然而越是临近分娩，死神离妈妈也越近。

灯光照出梅梅的侧影。她那印第安人特有的粗犷神情，像马鬃或马尾一样浓密平直的头发，让她看上去就像一尊正襟危坐的神像。坐在店铺后面这间热气腾腾的小屋子里，她的面色发青，好似幽灵，说起话来，恰如神在讲述自己如何饱经人间沧桑。我过去从没有和她接近过。可是这天晚上，她突然如此诚挚地向我表露出亲切的感情，我感到一种比血缘关系更牢固的东西把我们连在一起了。

梅梅的话刚一停，我忽然听见屋里——就是我和孩子、爸爸现在待的这间屋里——有人咳嗽，是一种干咳声，十分短促。我又听见他清清嗓子，在床上翻了个身。没错，就是他的声音。梅梅暂时不说话了，一片愁云悄悄地遮住了她脸上的光彩。我早已把他忘掉了。在这儿待了这么大的工夫（大概已经十点了吧），我一直觉得只有梅梅和我两个人在屋里。过了一会儿，屋里的紧张气氛缓和了。我手里端着盛甜点心和面包的盘子，一口没吃，胳臂都端酸了。我朝前倾了倾,说:"他醒着哪。"而她不动声色、冷冰冰、完全无动于衷地说:"他每天都睁着眼,一直到大天亮。"我明白了,为什么梅梅想起我们家先前的生活,显得那么留恋。如今,生活起了变化,日子好过多了,马孔多变成了喧闹的集镇。钱多得花不了,每逢周六晚上,人们都可以在镇上大肆挥霍一气。然而,梅梅对美好的昔日还是感到恋恋不舍。外面在大肆挥霍金钱,而在店铺后面,梅梅依然过着枯燥乏味、不为人知的生活,白天守着柜台,晚上和这么个脓包男人一起过夜。不到天亮他不睡觉,成天在家里转来转去,一双淫荡的狗眼睛——这双眼睛我永远也忘不了——总是贪婪地盯在她身上。一想到梅梅和这么个男人一块过日子,我真感到难过。我还记得那天夜里,他拒绝给梅梅看病。他是个铁石心肠的畜生,什么痛苦啊、欢乐啊,一概不懂,整天在家里遛过来遛过去。头脑最正常的人也会让他给逼疯的。

我的声音平静下来了。既然他在家里,没有睡着,听见我们在店后叙家常,也许又要瞪起那双贪婪的狗眼了,我想还是换个话题吧。

"小买卖做得怎么样?"我问。

梅梅笑了笑。这是凄凉的惨笑,看起来倒不是因为现在情绪不佳，而像是她把这种惨笑收藏在抽屉里，什么时候需要，什么时候就拿出来。她笑得很笨，似乎平时难得一笑，连怎么正常笑也忘得一干二净了。"就那样。"说着，她莫名其妙地摇了摇头，随即又沉默了，真教人捉摸不透。我想我该走了，把盘子递给梅梅，里面的东西一点没动，也没向她解释什么。只见她站起身来，把盘子撂在柜台上。从柜台那儿她瞧了我一眼，又重复了一句："你和她长得一模一样。"刚才我坐在背灯影的地方，灯光从背后照过来，脸模糊不清。梅梅在谈话的时候，准是没看清楚。现在她站起来，把盘子放到柜台上，隔着灯刚好看见我的正脸，所以她才说："你和她长得一模一样。"她走过来，又坐下了。

　　她又追忆起妈妈刚到马孔多的那几天。妈妈一下骡子，就坐到一把摇椅上，一连三个月没动窝儿，饭也懒得吃，有时候接过午饭，手托着盘子直到后半晌。她的身体僵直，坐在摇椅上从不摇动，两脚放在另一把椅子上。她感到死亡正从脚底板朝上蔓延。就这样，她一直等到有人来，从她手里拿走盘子。分娩的那天到了，临产的阵痛使她陡然振作起来。她自己站起身，然后由别人搀着她走完从走廊到卧室这二十步路。九个月来，她默默忍受着死亡的逼近，如今更加痛苦不堪。从摇椅到床边的这段路途，她经受了几个月长途跋涉中没有经过的痛苦、折磨和刑罚。但是，在了却一生中最后一个心愿前，她终于去到了应该去的地方。

梅梅说，妈妈一死，爸爸完全绝望了。后来据爸爸自己说，家里剩下他一个人的时候，他想："男人身边没有妻室，谁都不会认为你是正派的。"他在一本书上读到过，亲人去世了，应该种上一株茉莉，这样就能夜夜想起她。于是，他在庭院靠墙根的地方种了一株茉莉。一年以后，他续了弦，和我的继母阿黛莱达结婚了。

有几次，我觉得梅梅说着说着就要掉眼泪了，可最后，她还是忍住了。她原本是幸福的，可她自愿放弃了幸福的生活。今天能稍偿所失，也算心满意足。她又笑了笑，在椅子上伸了个懒腰，脸上露出温柔的表情。她身子朝前一倾，似乎已经在心中理清了这笔痛苦的孽债，并且发现在美好的回忆中，总还是得大于失吧。她又笑了，脸上又现出原来那种宽厚、调皮的亲切劲儿。她说，还有一件事是五年以后发生的。那天，她走进饭厅，爸爸正在吃午饭。她对爸爸说："上校，上校，办公室里有个外乡人要见您。"

3

大街对面的教堂后边,原来有个连一棵树都没有的院子。这还是上世纪末我们来到马孔多那会儿的事呢。当时,还没有动手盖教堂。那里是一片光秃秃、干巴巴的土地,孩子们放学后常在那儿玩耍。后来,动工修教堂,在院子的一头栽了四根木头立柱,圈起来的地方正好盖一间房子,用来存放修建教堂用的砖木。

教堂竣工的时候,有人在小房子的墙上抹上了一层泥,又在后墙上开了个门,通往寸草不生、乱石堆积的光秃秃的小院落。又过了一年,小房子修了修,能供两人住。屋里弥漫着一股生石灰味,但多年来,这间屋里还就数这股味儿好闻些,能教人舒服点。再往后,墙上刷了白灰,盖房子的人给后门安上门闩,在临街的大门上加了把锁。

这间屋一直没有主儿。谁也没查问过地皮是谁家的，砖木材料又归谁所有。第一位教区神父来到马孔多后，住在一户殷实人家里。后来他调到另外一个教区。就在那段日子里（有可能是在第一位教区神父离开之前），一位妇女怀抱着个婴儿住进了那间屋子。谁也不知道她什么时候搬进去的，也不知道她从什么地方、用什么办法把门打开的。屋角放着一口黑油油的水缸，上面长满青苔，墙壁的钉子上挂着个罐子。墙壁上的白灰已经剥落了。院里的石灰地被雨水浇得结了一片硬疙瘩。那女人用树枝搭了个遮太阳用的凉棚，而由于没有棕榈叶、瓦或锌板苫顶，她就在凉棚旁边栽了棵葡萄，又在临街的大门上挂了一丛芦荟和一块面包，说是为了避邪。

一九〇三年，宣布新的教区神父要来的时候，那娘儿俩还住在这间屋子里。当时，全镇有一半人拥到大道上去，迎候新来的神父。乡村乐队正弹奏着一首充满感情的曲子，这时候，一个小伙子气喘吁吁地跑来，累得上气不接下气，说神父骑着骡子已经来到前面拐弯的地方了。乐师们立刻站好队，弹奏起一首进行曲。致欢迎辞的人登上了临时搭起的高台，专等神父露面，马上就向他表示敬意。过了一会儿，雄壮的乐曲戛然而止，演说者也从桌子上爬了下来，欢迎人群目瞪口呆地看着一个外乡人骑着一头骡子走过来。骡子的屁股上驮着一只马孔多人从未见过的大箱子。这个人目不斜视地一直朝镇上走去。在旅途中，神父固然也可以穿便衣，可是谁也不相信这个脚蹬军靴、青铜脸色的旅客会是一位身着便服的神父。

的确，他不是神父。就在同一时刻，从小镇另一边的小道上来了一位陌生的神父。他骨瘦如柴，脸颊干瘪，傲气十足，骑着一头骡子，法袍提到膝盖上，举着一把褪色的破伞遮挡太阳。走到教堂附近，他向人打听教区神父的住处在哪里。他问的那位老兄大概完全不了解情况，回答说："教堂后面的那间小屋就是，神父。"正好那个女人不在家，只有孩子在半掩的门后玩耍。神父下了坐骑，把一只鼓鼓囊囊的箱子搬到屋里，箱子没有锁，开裂着，只用一根皮带——不是箱子本身的那根皮带——扎住。他打量了一下这间房子，把骡子牵进来，拴在院子的杏树荫下，随后打开箱子，从里面拿出一张吊床。吊床的岁数和那把伞大概不相上下，磨损的程度也相差无几。他把吊床沿对角线挂在屋里的柱子上，然后脱掉靴子，打算睡一觉。那个孩子张大一双惊恐的圆眼睛一直盯着他，他根本没有理会。

女人回来时，看到神父突然光临，一定是大吃一惊。他的脸毫无表情，简直和牛脸不差分毫。那个女人大约是踮着脚尖溜进房间的。她把折叠床挪到门口，把她的衣服和孩子的破衣烂衫卷成一包，慌里慌张地走出房间，根本顾不上水缸和罐子了。一小时以后，欢迎人群从相反方向开进小镇。乐队打头，在一群逃学的小鬼簇拥下，演奏着一首雄壮的乐曲。他们来到小屋时，只有神父一个人在那儿，懒洋洋地躺在吊床上，法袍没有系扣，赤着一双脚。一定是有人把神父来到小屋的消息报告给大道上的欢迎人群了，不过谁也没有想到问一问神父干吗跑到这间房子里来。也许他们以为神父和那个女人沾亲带故。那个女人急急忙忙地离开也准是误会了，她以为神父手里一定有使用这间房子的指令，或是房子归教会所有，又或者只是怕人家问起她为什么一不缴房租，二没得到任何人的许可，就在这间不属于她的房子里住了两年多。当时人们没有问这件事，过后也没有谁问起。教区神父不打算听什么欢迎辞，他把礼品撂在地上，态度冷淡地和在场的男男女女寒暄了几句。据他说，他整整一夜都没合眼了。

欢迎的人群从来没有见过像他这样的怪人，既然他这么冷淡，大家也就散了。人们注意到他那张脸像个牛脸，苍白的头发剃得光光的，而且他没有嘴唇，只有一个横开的口子，也不像是从娘胎里带来的，而像是后来被人猛砍一刀才割开的。那天下午，大家都觉得他像什么人，天亮以前，终于搞清楚他是谁了。大家记得，当马孔多还是一个人们避难的荒村的时候，见着过他。那时候，他赤裸着身子，却穿着鞋，戴着帽子，手里常拿着弹弓和石子。上岁数的人想起来了，他在"八五"内战中作过战，十七岁就当了上校，为人坚忍不拔，脾气执拗，是个反政府派。只是后来在马孔多再没听说过他的事，直到今天，他才回来担任教区神父的职务。谁也记不得他的教名了。相反，大多数上年纪的人都记得，由于他任性、不服管教，他妈妈给他起了个诨名，也就是后来在战争中战友们都熟悉的那个名字。大家都管他叫"小狗"，直到他去世，马孔多的人们一直这样叫他：

"小狗，小狗崽子。"

因此，在"小狗"来到马孔多的同一天，几乎同一时辰，大夫也来到我们家。他是从大道上来的。当时没有人料到他会来。他姓什么，叫什么，是干什么的，谁也不知道。而神父呢，是从小道来的，可镇上的人都跑到大道上去迎候他了。

欢迎仪式一完，我就回到家里。我们刚刚围着桌子坐下来——比平常稍微晚一点儿——梅梅走了过来，对我说："上校，上校，办公室里有个外乡人要见您。"我说："那请他过来吧。"梅梅说："他在办公室里，说急着要见您。"阿黛莱达正在给伊莎贝尔（那时她还不到五岁）喂汤，她丢下孩子，过去招呼客人。不大一会儿，她回来了，显得忧心忡忡。

"他在办公室里踱圈子哪。"她说。

我瞧着她从灯后面走过来。接着，她又给伊莎贝尔喂汤去了。"你应该把他请进来。"我一边吃饭一边说。她说："我是打算请他进来。我到办公室的时候，他正在踱圈子。我说，'下午好。'可他却闷声不响地看着架子上那个跳舞娃娃。我刚要再说一声'下午好'，他就给跳舞娃娃上了弦，放在了写字台上，开始看她跳舞。我又对他说了一遍'下午好'，不知道是不是音乐声太大了，他还是没听见。我站在那张写字台的对面，而他也靠着写字台，正瞅着那只跳得起劲的娃娃呢。"阿黛莱达继续给伊莎贝尔喂汤。我说："他大概是对那个玩意儿有兴趣吧。"她一边给伊莎贝尔喂汤，一边说："他在办公室里踱圈子，后来一看见那个娃娃，就把她拿下来,似乎他早就知道那是干什么使的,而且知道怎么摆弄。我第一次对他说'下午好'的时候,他正在上发条,音乐还没响。他把娃娃搁在写字台上,瞪着眼睛瞧,脸上没有一丝笑容。看起来,他对舞蹈没有什么兴趣,倒是对那套机械装置满起劲儿的。"

我这里几乎每天都有客人来,谁也不预先打个招呼,熟人把牲口往马厩里一拴,大大咧咧地走进来,都挺随便,他们知道我们家的餐桌上历来都给客人留着空位子。我对阿黛莱达说:"大概是给我捎口信的吧,要不就是带东西来的。"她说:"不管怎么说,反正他的举动怪里怪气的。他瞅着娃娃,一直看到弦松了。那时候,我站在写字台跟前,也不知道说什么好。我心里明白,只要音乐还在响,他是不会搭理我的。后来,娃娃和平时弦走完了一样蹦了一下,他还是站在那儿,身体前倾向写字台,好奇地看着。之后,他看了看我,我这才明白原来他知道我在办公室里。不过,他一心想知道娃娃究竟能跳多久,没工夫搭理我。这一回,我不想再对他说'下午好'了。他朝我看的时候,我只是笑了笑。我看见他的眼睛很大,一对黄眼珠子上下打量着人。我冲他一笑,而他还是绷着脸,一本正经地点了点头,说,'上校呢?我找的是上校。'他说起话来瓮声瓮气的,好像是闭着嘴讲话,简直像个口技演员。"

阿黛莱达继续给伊莎贝尔喂汤。我也还吃我的,心想不过是个捎口信的,可真没料到今天结束的这出戏,那天下午就开场了。

阿黛莱达一边给伊莎贝尔喂汤一边说:"起先,他在办公室里踱圈子。"哦,我明白了,这个外乡人给她留下的印象非比寻常,她巴不得我马上去接待一下这位不速之客。不过,我还是吃我的。而她还是一边给伊莎贝尔喂汤,一边说话。

她说:"后来,他说他想见见上校,我就对他说,'劳您驾,请到饭厅来吧!'他手里拿着娃娃,伸了个懒腰,抬起头来,黑着脸,我觉得他像个当兵的。他穿着高筒皮靴和一件普通的布衣服,衬衫的纽扣一直扣到脖子底下。他不回答,只在那儿发怔,我也不知道说什么好。他手里攥着玩具,似乎是等我走出办公室后好再上发条。意识到他是个军人,我猛然间想起他像一个人来。"

我说:"出什么事了吗?"我从灯上面望过去。她没有看我,还在给伊莎贝尔喂汤。她说:

"我刚进办公室的时候,他正在那儿踱圈子,我看不见他的脸。后来他站在屋子的尽头,脑袋抬得高高的,两眼直勾勾地望着我，我这才看出他像个军人。我说，'您想私下里见见上校，对不对？'他点了点头。我差点儿就要对他说他像一个人了，或者说，他就是那个人，我也说不清是怎么回事。"

我还是吃我的，不过眼睛一直从灯上面瞧着她。她停下来不喂伊莎贝尔了，又说：

"我敢说一定不是捎信的。我敢说他不是像那个人，他就是那个人。我敢说他是个军人。他留着一撇稀稀拉拉的小黑胡子，脸色焦黄，穿着一双高筒靴子。我敢说他不是像那个人，他就是那个人。"

她啰里啰唆，翻来覆去地就是这几句话。屋里燥热，也许是因为热，我发起脾气来。"唉，他到底像谁？"她说："他在办公室里踱圈子，我看不清他的脸，可是后来……"这套车轱辘话把我惹火了，我说："好啦，吃完饭我就去看他。"她又给伊莎贝尔喂汤，嘴里说："起先，我看不清他的脸，因为他在办公室里踱圈子。后来，我跟他说，'劳您驾，到饭厅里来吧。'他背靠着墙，一句话也不说，手里攥着娃娃。这时候，我猛然想起他像一个人来，就连忙跑过来告诉你。他的眼睛大大的，看人的样子挺放肆。我转身出来的时候，觉得他直勾勾地盯着我的腿哪。"

她突然不说话了。饭厅里只听见调羹叮叮当当的声音。我吃完饭,把餐巾压在了盘子底下。

这时候,我听见办公室里传来跳舞娃娃欢快的音乐声。

4

我们家的厨房里有一把破旧的雕花木椅子,座上的木板已经没有了。外祖父常把鞋子架在椅子上,放在灶火边烤。

昨天这个时候,托维亚斯、亚伯拉罕、希尔贝托和我出了学校,到树林子里去玩。我们带着一把弹弓和一顶大帽子准备逮鸟,还有一把崭新的剃头刀。走在路上的时候,我想起了那把丢在厨房角落里的破椅子,以前它接待过不少客人,而现在,每天深夜,都有个鬼魂戴着帽子,坐在椅子上,观赏着灶膛里熄灭的灰烬。

托维亚斯和希尔贝托朝着黑压压的树林深处走去。上午一直在下雨,鞋子在泥泞的草地上一个劲儿地打滑。他们两人中不知谁吹着口哨,重浊的口哨声在林荫道上回荡,仿佛有人在木桶里唱歌。亚伯拉罕和我跟在后面。他拿着弹弓和石块,随时准备打鸟,我拿着那把打开的剃头刀子。

忽然间,一缕阳光冲破密密层层的树叶,透进树林,像只欢蹦乱跳的小鸟,在草地上抖动着翅膀。"看见了吗?"亚伯拉罕说。我朝前面张望了一下,只见希尔贝托和托维亚斯已经走到树林的尽头。"不是鸟,"我说,"是太阳冲进来了。"

他们走到河边,脱下衣服,在晚霞映红的水面上啪啪地一阵猛踩。河水似乎弄不湿他们的皮肤。亚伯拉罕说:"今天下午一只鸟也没有。"我说:"一下雨,鸟就瞧不见了。"我当时确实是这么认为的。亚伯拉罕哈哈大笑起来。他笑得傻乎乎的,发出的声音就像从洗礼池里往外冒水。他脱光衣服说:"我带着刀子钻到水里去,回头给你带回一帽子鱼来。"

亚伯拉罕光着身子站在我面前,张开手跟我要刀子。我没有马上回答他。我紧紧攥住那把明晃晃的锋利钢刀,心里想:不能把刀给他。我对他说:"不给你。昨天我才拿到,我得玩一个下午。"亚伯拉罕还是张着手,我对他说:

"连窗户也没有!"

亚伯拉罕听懂了,只有他明白我的话。他说:"好吧。"

空气稠糊糊的，泛着一股酸味。他朝水里走去，说："你脱衣服吧，我们在青石上等你。"说完就潜入水底，接着又钻出水面，浑身亮闪闪的像一条大银鱼，水一沾到他的身体马上就淌了下去。

我留在岸边，躺在温暖的泥地上，又把剃刀打开。我不再朝亚伯拉罕那边瞅了，而是抬起头望着另一边，望着树顶上方。黄昏发怒了，天空活像着了火的马厩，万马奔腾，气势雄伟。

"快点！"亚伯拉罕在对岸说。托维亚斯坐在青石边吹着口哨。我想："今天不洗了，明天再说。"

回家的路上，亚伯拉罕躲到一片带刺的灌木丛后面。我正要跟上他，他说："别过来，我忙着哪。"我只好待在外面，坐在路边的枯叶上。一只燕子凌空飞过，在蓝天上划出一条弧线。我说：

"今天下午只有一只燕子。"

亚伯拉罕没有立即回答我。他躲在灌木丛后面一声不吭，好像没听见我说话，又像在读什么东西。他屏息凝神，憋足了力气，过了好一会儿才舒了口气。他说：

"嚯！好几只燕子。"

我说："今天下午只有一只燕子。"亚伯拉罕还是躲在树丛后面，不知道在干些什么。他屏息凝神，可是并非静止不动，像鸭子凫水似的，上头平静，底下可拼命扑腾。又过了一会儿，他说：

"一只？啊啊，是啊。当然了，当然了。"

我没有搭腔。他开始在树丛后面活动起来。我坐在树叶上，只听见从他那边传来脚踩枯叶的沙沙声。之后，又没有响动了，似乎他离开了那里。最后，他长长地舒了口气，问我：

"你刚才说什么？"

我重复了一遍："我说今天下午只有一只燕子。"正说着，只见湛蓝湛蓝的天空中，一只燕子斜着翅膀在兜圈子。我说："飞高了。"

亚伯拉罕立刻说：

"哦，是啊，当然了。就是因为这个。"

他从灌木丛后面走出来，一边走一边系上裤扣。他抬起头朝上看了看，燕子还在兜圈子。他眼望着天空对我说：

"刚才你说燕子什么来着？"

我们在路上耽搁了不少时间。回到镇上的时候，家家都亮起了灯。我跑进家门，在走廊上碰见了那两个瞎眼的胖女人，她们是圣赫罗尼莫家的孪生姐妹。据妈妈说，早在我出生之前,每逢礼拜二她们就到我们家来给外祖父唱小曲儿听。

整整一夜我都在想,今天放了学我们还到河边去玩。不过不跟希尔贝托和托维亚斯一块儿去。我想和亚伯拉罕单独去,我就爱看他像条银鱼似的在水里钻上钻下,肚皮闪着亮光。整整一夜我都在想,我们一起顺着暗幽幽的青绿色隧道往回走的时候,我可以蹭蹭他的大腿。每蹭一下,就觉得似乎有人轻轻地咬了我一口,弄得我直发毛。

要是那个和外祖父在隔壁房间谈话的人能快点回来,那么四点钟以前我们大概也可以回到家了。那时,我一定和亚伯拉罕一块儿到河边去玩。

他留下来,住在我们家,就住在走廊上临街的那间屋里。我看这样比较合适。像他这种性子的人,在镇上的小旅店是没法住下去的。他在门上贴了一张广告(直到几年前刷房子的时候,广告还在门上贴着,那是他亲手用铅笔写的草体字)。过了一个礼拜,登门求医的人纷至沓来,我们只好给那间屋置办了几把新椅子。

他把奥雷里亚诺·布恩迪亚上校写来的信交给我以后,我们在办公室里谈了好长时间。阿黛莱达以为他是位高级军官，这次来一定是有重要的公事。于是她像过节一样准备了一桌丰盛的菜肴。我们谈起布恩迪亚上校、他那位弱不禁风的小姐和呆头呆脑的大儿子。谈了几句，我就发现来人对总军需官十分熟悉，而且对他敬佩得五体投地，十分感激对方的知遇之恩。梅梅走过来，告诉我们桌子已经摆好了。我想阿黛莱达准是临时凑上了几个菜，好招待一下这位不速之客。到那儿一看，这桌菜可不是拿来凑数的。桌子上光彩夺目，铺着新桌布，盛菜的碗碟是专供圣诞节和新年夜家宴使用的中国瓷器。

阿黛莱达一本正经地坐在桌子的一端，身穿领子系扣的天鹅绒长衫。结婚之前，每逢她在城里娘家应酬客人的时候，穿的就是这件衣服。阿黛莱达那套待人接物的礼仪要比我们周到得多。结婚以后，她的社交经验也影响了我的家庭生活习惯。那个只在特殊场合才拿出来的圆雕饰也摆在桌上。餐桌上的布置、家具和饭厅里的气氛都给人一种庄严、美观和整洁的感觉。走进饭厅时，像大夫那种一向不修边幅的人准是感到了自惭形秽，和周围的气氛不大协调。他摸了摸领扣，好像自己戴了领带似的。他脚步很重，磕磕绊绊，看得出来，他的心情相当慌乱。我一生中记得最清楚的莫过于走进饭厅这一刹那的情景。坐在阿黛莱达精心安排的餐桌旁,连我自己都感到衣着未免太随便了。

盘子里有牛肉和野味,虽说都是当时的家常菜,不过放在崭新的瓷盘里,又被刚擦过的枝形灯一照,那可真是五光十色,和平时大不相同了。阿黛莱达明知今天只有一位客人,还是摆出了八副刀叉,桌子正中央放着一瓶葡萄酒,这种礼遇未免有些过分了。这也难怪,从一开始,她就把来客和某位战功卓著的军人弄混了。在我家里还从来没有见过这种虚幻的气氛。

幸亏阿黛莱达的两只手(说真格的,她那双手漂亮极了,洁白细嫩)确实引人注目,足以遮盖住她那种装模作样的打扮,不然的话,她的装束可真要令人忍俊不禁了。客人正在踌躇着检查衬衣领扣的时候,我抢先一步说:"这是我的妻子,我的第二任妻子,大夫。"一听"大夫"两字,我妻子的脸色登时就变了,一片乌云罩住了她的面庞。她坐着不动,伸了伸手。虽然还是面带笑容,可是我们走进饭厅时看到的那种雍容华贵的气度已经一扫而光。

来客像军人似的把靴子一磕,手指张开举到太阳穴,然后朝她坐的地方走了过去。

"是的,夫人。"他说。无论对谁,他都不叫名字。

他握住阿黛莱达的手,笨拙地摇了摇。我这才发现他的举止相当粗鲁莽撞。

他坐在桌子的另一端,周围是崭新的玻璃器皿和枝形灯。他那邋里邋遢的样子,看上去就像桌布上的一摊汤迹。

阿黛莱达给大家斟上酒。开头的兴致已经烟消云散,现在光剩下闷气了。她似乎在说:"好吧,一切都照常进行吧。不过,完了事你得给我说说清楚。"斟完酒,她坐在桌子的另一端,梅梅准备给大家布菜。这时候,客人把身体往后一仰,两手扶住桌布,笑着说:

"嗯,小姐,请您给我煮点青草,端上来当碗汤吧。"

梅梅站着没动,差点儿笑出来,最后还是忍住了。她扭过脸来看看阿黛莱达。阿黛莱达也笑了笑,分明感到十分茫然。她问:"什么草,大夫?"而他用反刍动物特有的那种慢吞吞的声音回答说:

"普通的草,夫人。就是驴吃的青草。"

5

在某一时刻,午睡时间耗尽了。大自然止住脚步,造物在混沌世界的边缘踟蹰不前。就连小虫子也停止了偷偷摸摸、鬼鬼祟祟的活动。镇上的妇女们欠起身来,嘴边淌着口水,面颊上印着枕头上的绣花花纹。天气炎热,她们心情烦躁,憋得透不过气来,心里想:"唉,马孔多还是礼拜三!"然后,她们又蜷缩到角落里,去捻接梦境与现实,并将流言交织,就像在合力编织一张硕大无朋的床单。

假如屋内的时间和屋外的时间走得同样快,我们现在已经在烈日的烤炙下尾随着棺材走在大街上了。可是,外面的时间要走得更快一些,恐怕已经是夜晚了吧——九月闷热的月夜。在各家的庭院里,妇女们坐在青幽幽的月光下,嘀嘀咕咕地交谈着。而我们这三个离经叛道的人却要头顶干燥的九月骄阳在大街上蹒跚着。谁也不会站出来阻拦殡葬仪式。我本来希望镇长能够横下一条心，不许给大夫下葬。这样，我们就可以回家了。孩子去上学，爸爸换上木屐，把盛冰镇柠檬水的罐子放在右手边，倒盆凉水冲洗冲洗脑袋。然而，情况变了。起初，我以为镇长决定的事是不可撤销的。可是，爸爸又一次以雄辩的口才说服镇长收回了成命。屋子外面，人声鼎沸，议论纷纷。人们交头接耳，喊喊喳喳地说个不停。街道上很干净。风把牛蹄印吹光以后，只余下干净的尘土。镇上空荡荡的，各家大门紧闭。只听得屋内邪恶的心灵发出低沉的声响，好像开了锅一样。屋子里面，孩子僵直地坐在那里，眼睛盯着鞋子。他一会儿看看灯，一会儿看看报纸，一会儿又看看鞋，最后目光落在上吊自杀的人身上。只见死者咬着舌头，在那双玻璃球似的狗眼里——一双没有胃口的死狗的眼睛里，贪婪的目光消失了。孩子看着、想着这个平躺在木匣里的悬梁自尽的人，脸上露出哀戚的神情。倏地一切都变了，只见一只手把凳子搬到理发店门前，放在带镜子的梳妆台前面，台子上有香粉和香水。手变大了，长满雀斑。这不是我儿子的手，是一只大手，一只很大的右手。这只手开始慢慢腾腾、一下一下地磨剃头刀，耳边只听见刀锋的哧哧声,脑袋在想:"今天马孔多是礼拜三,他们一定比往常来得早。"他们来了。各自在阴凉处和有过堂风的门洞里找个座儿坐下,斜睨着眼睛,一脸凶相,一个个架起二郎腿,双手抱住膝盖,咬着烟管,也在谈论这件事。他们东张张,西望望,最后目光落在对面紧闭的窗户上,那是雷薇卡太太寂静的住宅。雷薇卡太太忘记关电风扇了。她紧张、激动地在那几间装有纱窗的屋子里踱来踱去,随便翻腾着那些破烂玩意儿,那都是她在烦闷、乏味的寡居生活中积攒下来的东西。她摸摸这个,碰碰那个,似乎这样她才能感觉到在死者下葬前她还活在人间。她把几间屋子的门打开又关上,焦急地等待着祖传的钟表从午睡中醒来,敲击三下,好让她定下心来。与此同时,孩子脸上的哀戚消失了,变得愣愣怔怔的。所有这一切只发生在很短暂的时间里。刚才有个女人踩了一下缝纫机,做完活儿后抬起满是鬈发的脑袋,用的时间就比这个多一倍。还没等孩子从愣怔转回哀戚,她就把缝纫机推到走廊的一角去了。就在这工夫,那几个人已经咬了两次烟管,眼瞅着剃刀在挡刀布上走了一个来回;下肢瘫痪的阿格达挣扎着想活动活动僵死的膝关节;雷薇卡太太又拧了一下门锁,心里琢磨着:"马孔多的礼拜三,正是埋葬魔鬼的好日子。"孩子的手动了一动,时间又朝前跨了一步。只有当某种东西活动的时候,人们才知道时间在前进。在这以前,时间是不动的,好比汗水浸透的衬衣粘在皮肤上动弹不得,好比浑身冰冷、无法买通的死者咬着舌头一动也不动。对上吊自杀的人来说,时间是静止不动的,即便孩子的手在动,他也全然不知。虽然他不知道孩子的手还在动,可是对阿格达来说,时间却在前进,她大概又数了一遍念珠。雷薇卡太太躺在折叠椅上,眼睛盯住纹丝不动的钟表的指针,心里十分焦急。虽然她的时钟一秒钟也没走动,阿格达的时间却在流动,她又把念珠数了一遍,心里想:"要是我能走到安赫尔神父那里去,事情就好办了。"孩子的手垂下了,剃刀顺势滑过挡刀布,一个坐在门洞里纳凉的人说:"恐怕有三点半了吧,有没有?"手停住了,时钟又僵死了,不再朝下一分钟移动,剃刀也停在原处。阿格达单等着手再动一下,就要把腿一伸,膝盖就可以挪动了。她要一口气冲进圣器室,张开双臂,高声喊叫:"神父!神父!"可是,孩子没有动。安赫尔神父蜷缩在那里,用舌头舔了舔嘴唇,咂摸着梦境里的肉丸子那股黏糊糊的滋味。要是他能瞧见阿格达跑进来,一定会说:"这可真是奇迹。"然后,在蒙眬中翻个身,脸上淌着汗,嘴边流着口水,昏昏沉沉地咕哝着:"不管怎么说，阿格达，现在不是给炼狱里的游魂做弥撒的时候。"一切都还没有动，爸爸却走进了房间。于是，两处的时间统一起来了，破镜重圆似的，两半东西又牢牢地合在一处。雷薇卡太太的时钟苏醒过来。刚才面对着孩子慢吞吞的举动和雷薇卡太太焦急万分的神情，时钟也不知如何是好了。现在，时钟打个哈欠，睡眼惺忪地潜入异常沉静的时光的湖底，又带着时间——准确的、校正过的时间——的水滴湿漉漉地钻出来。时钟朝前奔走着，郑重其事地宣布："现在的准确时间是两点四十七分。"在不知不觉中爸爸打破了时间的停滞，对我说："孩子，你有点精神恍惚。"我说："您看会出事吗？"他身上淌着汗，笑吟吟地说："照我看，起码有不少人家会把米饭烧焦，牛奶也会泼落一地。"

棺材盖上了，可是我还记得死者的面孔，记得非常清楚。只要往墙上一看，就能瞧见那双睁大的眼睛，湿土一样灰不溜丢的松弛面颊，以及耷拉在嘴角的舌头。这幅幻象弄得我焦灼不安。也许是裤子太紧了吧，我总觉得有一边勒得慌。

外祖父在妈妈身旁坐下来。刚才从隔壁房间回来的时候，他挪过来一把椅子，现在，他坐在妈妈旁边，一声不吭，下巴支在手杖上，那只跛腿朝前伸着。他在等着什么。妈妈和他一样也在等着什么。那几个瓜希拉人抽完烟，静悄悄地坐在床上，一个挨着一个，眼睛避开棺材。他们也在等着什么。

要是有人给我蒙上眼睛，拉着我的手，领我到镇上去转上二十圈，再把我送回这间屋子，我光凭鼻子就能把它辨认出来。这间屋子里的那股垃圾味儿，那股堆积如山的衣箱味儿，我永远也忘不了。不过，我只看见了一只箱子。那箱子真够大的，我和亚伯拉罕两个人钻进去都还绰绰有余，还容得下托维亚斯。每间屋子有每间屋子的气味，我都闻得出来。

去年有一天，阿达叫我坐在她腿上。我眯上眼，从眼缝里瞄她。她看上去影影绰绰的，仿佛不是一个完整的人，而只是一张脸。她看着我，晃来晃去，像绵羊一样哼哼着。我正要睡着的时候，闻到了一股气味。

家里没有一种气味是我不熟悉的。有时候，家里人把我丢在走廊上，我合上眼睛，张开两臂朝前走。我心里想："一闻见加樟脑精的朗姆酒香味，那就是到了外祖父的房间。"我闭着眼睛，伸直两臂继续朝前走。我想："现在走过妈妈的房间了，有一股新纸牌味儿。接下来就该是沥青和卫生球味儿啦。"我继续朝前走,听见妈妈在屋里唱歌。这时候,果然闻到了新纸牌的气味,接下去,又闻到沥青和卫生球味儿。我又想:"接着还是卫生球味儿。顺着这股味儿朝左一拐,就该闻见衣服上的漂白粉味儿和没开窗户的屋子里的憋闷味儿了。到那儿我就停下来。"朝前走了三步,我就嗅到这股味儿了。我站住脚步,闭着眼睛,张着两臂,听见阿达说话的声音。她说:"孩子,你闭着眼走路哪!"

可是那天晚上,快要睡着的时候,我闻到一种这几间房子里从来没有过的气味,像是有人摇晃一株茉莉发出的浓郁芬芳。我睁开眼,嗅了嗅周围浑浊浓重的空气。我说:"你闻到了吗?"阿达本来睁着眼瞧我,一听我说话,她把眼睛合上了,把脸扭向别处去。我又说:"闻到了吗?好像是在哪儿种的茉莉花。"她说:

"这是九年前贴墙根的那株茉莉花的香味儿。"

我坐在她腿上说:"可是现在没有茉莉花啊。"她说:"现在没有了。九年前,你出生的时候,靠院子墙根那里有一株茉莉。到晚上,天一热就闻得出这股香味儿。"我趴在她的肩头上。她说话的时候,我瞧着她的嘴。我说:"但那是我出生以前的事啊。"她说:"是啊。那年冬天特别长。

我们不得不把花园清除了一遍。"

那股芳香还在空气中飘荡，温馨、浓郁，压过了夜间其他气味。我对阿达说："给我说说是怎么回事。"她沉吟了一下，然后朝月光下的白墙瞥了一眼说：

"大了你就懂得了，茉莉是一种会走路的花。"

我还是不懂。我感到身体猛地一颤，好像有人碰了我一下。我说："哦！"她说："茉莉花和人一样，死了以后夜间就出来游荡。"

我一语不发地紧紧偎依在她肩下。我在想另外一件事，想厨房里的椅子。下雨天，外祖父用这把破椅子烤鞋。我知道厨房里有个鬼魂，每天夜里戴着帽子坐在椅子上观赏灶膛里熄灭的灰烬。过了一会儿，我说："大概和那个坐在厨房里的死人一样吧。"阿达看了看我，瞪大眼睛说："哪个死人？"我说："就是每天夜里坐在外祖父烤鞋用的椅子上的那个死人。"她说："厨房里压根儿就没有死人。那把椅子除了烤鞋之外派不上别的用场，所以一直放在灶火旁边。"

这是去年的事了。眼下情况不一样。现在，我亲眼看见了一具尸体，一合上眼，就看见他在我眼前黑洞洞的空间里晃动。我想把这件事告诉妈妈。可是，她和外祖父交谈起来。她说:"您看会出事吗?"外祖父从手杖上抬起下巴,摇了摇头说:"照我看,起码有不少人家会把米饭烧焦,牛奶也会泼落一地。"

6

起先，大夫每天睡到七点。一到七点钟，他就来到厨房，上身穿一件没有领子的衬衣，扣子一直扣到脖颈，黑乎乎、皱巴巴的袖子卷到臂弯，沾满油污的裤子高抵前胸，外面系着腰带，比实际的裤腰低一大截子。你会感觉他的裤子随时要掉下去似的，因为没有一个结实的身体来支撑它。他倒是没见瘦，但脸上看不到刚来那年的军人的桀骜之气了，现在的神情是失意、疲惫，不知道自己一分钟以后会怎样，也没有心思盘算这些。七点钟一过，他喝完咖啡，无精打采地跟大家应酬几句，就回到房间里去了。

他在我们家住了四年了。作为医生，他的认真劲儿在马孔多算是出了名的，然而他性情粗鲁、放荡不羁，周围的人都觉得他可畏而不可敬。

原来镇上只有他这么一个大夫。后来，香蕉公司来到马孔多，并且开始铺设铁路。打那以后，小屋里的椅子就显得多余了，因为香蕉公司开办了职工医院，四年来找他瞧病的人都不来了。他眼瞅着"枯枝败叶"踩出了新路，但是没有吭气。他依然敞开临街的大门，成天坐在皮椅子上，眼瞅着人们熙来攘往，可就是没有人登门求医。于是，他上好门闩，买了张吊床，往房间里一躲，不再出来了。

那时候，梅梅每天早上给他端去香蕉和橘子。吃完，他把果皮往墙角一丢。礼拜六梅梅打扫卧室的时候，再把果皮收拾走。谁要是看见大夫的那副神情，一准会想：要是哪个礼拜六梅梅不来打扫，这间屋子变成了垃圾堆，对他来说也是无所谓的。

现在他什么也不干，几小时几小时地躺在吊床上，晃来晃去。从半掩的门望进去，可以在昏暗的房间里影影绰绰地看见他，干巴巴的脸上没有一丝表情，头发乱蓬蓬的，那双冷酷无情的黄眼珠里显出一种病态，他分明已经开始意识到，自己在生活中吃了败仗。

他住在我们家的头几年里，阿黛莱达表面上若无其事，或者说是无可奈何，或者说实际上是迁就我的意思，让他留在这里。后来，诊所关门了，大夫只在吃饭的时候才走出自己的房间,坐在桌边,总是那么沉默寡言,闷闷不乐。这时候,她再也忍耐不下去了。她说:"养着这么个人简直是造孽,供养他就好比是供养魔鬼。"而我呢,总是袒护他。这是出于一种混杂着怜悯、敬佩和同情的心情(不管现在怎么说,当时的心情里确实含有不少同情的成分)。我固执地说:"还是得养活他。他在世上无亲无故,需要大家体谅他。"

过了不久,铁路通车了,马孔多变成了一个繁华的集镇,来了不少陌生人,盖了一家电影院和许多娱乐场所。那一阵子,人人都有活儿干,唯独他闲着没事。他还是把自己幽闭在房间里,躲着旁人,吃早饭的时候,踽踽独行到饭厅,说起话来还是那么坦然自若,甚至对小镇的光辉前景也觉得蛮不错的。一天早上,我头一次听他讲了这样一句话:"等咱们习惯了这些'枯枝败叶',一切就会过去的。"

过了几个月,人们时常看到他在黄昏之前到大街上去,在理发馆一直坐到天黑。他和别人在理发馆门口聚成一堆儿一堆儿地聊闲天,旁边摆着活动梳妆台,或是高脚凳子,这些是理发匠搬到大街上来,让顾客享受享受傍晚的凉爽天气的。

公司的医生实际上已经剥夺了他的谋生手段，可他们还是不肯善罢甘休。到了一九〇七年，马孔多已经没有一个病人记得他了，他本人也不再盼望病人上门了。这时候，香蕉公司的一位医生向镇长建议，要求全镇的专业人士来一次登记注册。礼拜一，在广场四角贴出了告示。大夫看了，认为与己无关。还是我找他谈，告诉他最好去办个手续。他平心静气、无动于衷地回答我说："我不去，上校。这种事我再也不干了。"我压根儿不知道他有没有合法的行医执照，不知道他是不是像旁人猜测的那样是个法国人，也不知道他还记不记得自己的家，他肯定是有家的，可是从来没听他提过一个字。过了几个礼拜，镇长和镇长秘书来到我家，要大夫出示证件，登记他的行医执照。他索性连房门也不出。直到这一天——他在我们家住了五年，和我们同桌共餐了五年之后——我才发现我们还不知道他姓甚名谁呢。

自从我在教堂里看见打扮得花枝招展的梅梅，又在小药店和她谈心之后，我开始注意到我们家那间关得严严实实的临街小屋。十七岁的人了（当时我刚满十七岁），这点事还是能够注意到的。后来我才知道是继母上的锁，而且不许人碰房间里的东西。里面有大夫买吊床以前睡过的床铺，还有装药品的小桌子。他没把桌子搬到大街拐角的那栋房子里去，只把他在万事亨通的那几年积攒下来的钱拿走了（这笔钱估计少不了，他在我们家没有什么开销，后来梅梅用这笔钱开了个药铺子）。除此之外，在垃圾堆和用他那种语言出版的旧报纸堆里，还有脸盆和几件没用的衣服。这些东西似乎都沾上了继母说的什么邪祟或魔法。

我注意到屋子被封死这件事，大概是在十月或十一月（梅梅和大夫离开我们家三年以后）。因为我记得第二年年初，我就盘算着把马丁安置在那间屋里。结婚以后，我也打算住进去。总之，我一直在打它的主意。和继母闲聊的时候，我甚至提出来，现在应该把锁拿掉，解除那道不许进入这间温暖和煦的屋子的毫无道理的禁令。然而，在给我缝制嫁衣之前，谁也没有直接和我谈过大夫的事，更没有讲过那间屋子的事。屋子似乎还是大夫的，是他身体的一个碎片，只要家里还有人记得他，他和我们家就永远是藕断丝连。

本来一年前我就要结婚的。不知道是不是由于童年和少年时代生活环境的影响，当时我对周围事物的印象很淡薄。给我准备婚事的那几个月里，我对许多事的确还是糊里糊涂的。我记得,在跟马丁结婚的前一年,他似乎只是一个模模糊糊、若有若无的影像。也许正是因为这个,我才希望他住在那间小屋里,和我靠得近一些,这样我才能感到他是一个具体的人,而不是在梦幻中相识的未婚夫。可是,我没有勇气和继母谈这些想法。当然,最自然的莫过于直接对她说:"我要去把锁拿掉,把桌子放到窗户跟前,把床抵着靠里的墙。我要在架子上放一盆石竹花,在门的过梁上插一枝芦荟。"但是,我胆小,没有决断力,再说我的未婚夫又是那样一个飘飘忽忽的人。我只记得他是个模糊不清、捉摸不定的形象,仅有的具体的东西大约就是那撇亮闪闪的小胡子、略向左偏的脑袋和从不离身的四个纽扣的外套。

七月底,他来到我们家,和我们一起过了一天。他先是在办公室里和爸爸谈话,话题总不离一桩我一直搞不清楚的神秘生意。下午,我和马丁陪继母到树林去散步。傍晚回来的时候,他走在我身边,离我很近。在绯红的晚霞中,我觉得他更是虚无缥缈、似有若无。我心里明白,我永远也不可能把他想象成一个具体的人,在他身上我永远也不会找到某种坚实的东西。否则,一想起他我就会勇气百倍、毫不踌躇地说:"我去给马丁收拾一下那个房间。"

直到我们举行婚礼的前一年,"我要和他结婚了"这个想法,对我来说还是难以置信的。我是在二月间为帕洛盖马多的孩子守灵的时候认识他的。当时,我们几个姑娘唱着歌,拍着巴掌,尽情地嬉戏,这是唯一允许我们享受的娱乐活动。马孔多有一家电影院,一架公共唱机和其他娱乐场所。可是,爸爸和继母都反对我这种岁数的姑娘到那里去玩。他们说:"那是给'枯枝败叶'玩的地方。"

二月,中午天气炎热。继母和我坐在走廊上,缉一件白衣服,爸爸在睡午觉。我们做着半截活儿,他拖着一双木屐走过去,用脸盆倒凉水冲脑袋。晚上,气候凉爽,天空邈远,整个镇上都能听见为孩子守灵的妇女们的歌声。

我们给帕洛盖马多的孩子守灵的那天晚上,梅梅·奥罗斯科的声音仿佛比哪一天都更悦耳。她身材瘦削、干枯、僵硬,像把扫帚,可是她唱得比谁都好听。歌声刚一停顿,赫诺维娃·加西亚就说:"外面坐着一个外乡人。"大概除了蕾梅黛丝[①]·奥罗斯科以外,大家都停止不唱了。赫诺维娃·加西亚又说:"想想看,他穿着一件外套,一整夜都在不停地说话,而其他人都一声不吭,听得津津有味。他穿了一件四个纽扣的外套,挽着裤腿,露出系松紧带的袜子

---
①蕾梅黛丝昵称梅梅。

和带眼儿的靴子。"梅梅·奥罗斯科还在唱。我们拍起巴掌，齐声喊道："咱们和他成亲去吧。"

后来，我在家里回想起这件事的时候，总觉得这不是真的。说话的人似乎是几个虚幻的妇女，她们在一户死了个虚幻的孩子的人家里唱歌、拍巴掌。

另外有几个妇女在旁边抽烟。她们板着脸，老在提防着什么，兀鹫一样的脖子朝我们伸着。我们背后还有一个女人，坐在通风的门洞里，用一条黑色的大围巾连脑袋一齐包了起来，等着咖啡煮沸。蓦地，一个男人的声音加入了我们的合唱。一开头，这声音有些慌乱，跟我们合不上拍，后来，声音变得铿锵有力，在空中来回激荡，好像在教堂里唱诗一般。赫诺维娃·加西亚用胳膊肘碰了碰我的肋骨。我抬起头来，这是我第一次看见他。他年轻、整洁，领子浆得硬挺挺的，外套上四个纽扣扣得整整齐齐。他正在注视着我。

听人说他十二月回来，我想那间关得严严实实的小屋子最适合他住了。可是我不敢去想，只是自言自语地说："马丁，马丁，马丁。"这个名字，我反复琢磨，多次咀嚼，把它拆成一个一个的字母。对我来说，这个名字已经完全失去了它的本来含义。

从灵堂出来的时候，他在我眼前晃动着一只空碗，说："从咖啡里我看出了您的运气。"在姑娘们的前簇后拥下，我朝门口走去。这时候又听见他低沉、轻柔却极具说服力的声音："请数七颗星星，准能梦见我。"走过大门时，我看到帕洛盖马多的孩子躺在一口小棺材里，脸上涂了一层米磨的粉，嘴上有一朵玫瑰花，眼睛用细小的木棒撑开。他死在二月，气味还不算太大，房间里的热空气中弥漫着茉莉花和紫罗兰的芳香。在笼罩着死者的肃穆的气氛中，又响起那个萦回在我耳际的声音："记住！请数七颗星星。"

七月，他来到我们家。他喜欢斜倚在栏杆的花盆上。他说："想想看，我从来没有看过您的眼睛。这是对恋爱胆怯的男人的秘密。"是啊，我的确不记得他的眼睛是什么样子。到十二月我就要和马丁结成终身伴侣了。可现在都七月了，我还说不出他的眸子是什么颜色。记得六个月以前，一个二月的中午，万籁俱寂，只有两条蜈蚣，一公一母，在盥洗室的地板上缠绕在一起。每逢礼拜二就到这儿来的讨饭女人要走了一枝蜜蜂花。马丁穿着扣好纽扣的外套，衣冠楚楚，满面春风地说："我能叫您每时每刻都想念我。我把您的相片贴在了门后头，在眼睛上别上了别针。"听了这话,赫诺维娃·加西亚笑得要死,她说:"这套玩意儿都是跟那些瓜希拉人学来的。"

似乎是三月底,他经常在我们家出出进进的,和爸爸在办公室里一待就是几个小时。他跟爸爸讲那件事有多么多么重要,究竟是什么事我一直也没弄清楚。现在,我结婚已经十一年了。从他出门那天——他从火车的车窗里对我说"再见",要我在他回来之前好好照看孩子——算起,也过去九年了。这九年里,他杳无音信。爸爸帮助过马丁安排这次一去不返的旅行,可是他也绝口不提他回来的事。在婚后的三年当中,我一直觉得他不如我头两次看到他的时候那样具体,那样实在。先是给帕洛盖马多的孩子守灵的时候,之后是三月里的一个礼拜天,我和赫诺维娃·加西亚从教堂回来,他独自一人伫立在旅店门口,两手插在四个纽扣的外套的侧兜里。他说:"现在您得想我一辈子了,相片上的别针掉下来了。"他说话的声音有些嘶哑、紧张,听起来似乎确有其事。可即使真有这种事,也教人感到难以置信。赫诺维娃固执地说:"这都是瓜希拉人的破烂玩意儿。"三个月后,她就要和一个木偶剧团的导演私奔了,可当时的她板着面孔,显得一本正经的。马丁说:"一想到马孔多有人怀念我,我

就放心了。"赫诺维娃·加西亚瞟着他,气得脸色都变了。她说:

"混账东西!这件四个纽扣的外套非得烂在他身上不可。"

7

在小镇居民的眼里,他是个怪人。也许他自己并不希望这样。看得出来,他一个劲儿地想要表现出通达人情、和蔼可亲的样子,可大家还是挺讨厌他的。他虽然生活在马孔多人当中,可对过去的回忆使得他和他们之间横着一道鸿沟。他试图做出改变,却无济于事。人们用好奇的眼光看他,把他当成长期潜藏在黑暗角落里的阴森可怖的野兽,重露面时难免令人觉得举动失常,形迹可疑。

每天傍晚,从理发馆回来,他就往小屋里一躲,这一阵子,连晚饭也不吃了。一开头家里人以为他是累了,回来以后直接上床,一觉睡到大天亮。没过多久,我觉察出夜里有些不寻常的事。每到夜静更深,就能听到他像疯子一样在屋子里翻来覆去地瞎折腾,仿佛在跟他过去的幽灵打交道。过去的他和现在的他进行着一场无声的战斗,过去的他在奋力保卫自己的性格:孤僻、坚毅不屈、说一不二;而现在的他一心一意地要摆脱过去的他。我听到他在屋里踱来踱去,直到黎明,一直闹到自己疲惫不堪,他无形的敌人也精疲力竭才罢休。

后来,他把裹腿丢在一边不用了,开始天天洗澡,还往衣服上洒香水。他的变化究竟有多大,只有我才看得出来。过了几个月,他的变化更大了。我对他已经不单单是谅解和容忍,而且还觉得他很可怜。我可怜他倒不是因为他故意摆出一副焕然一新的面貌在大街上晃来晃去,而是因为别的。每天晚上他躲在屋里,从靴子上往下抠泥巴,在脸盆里把抹布弄湿,往那双穿过多年、破烂不堪的鞋子上擦鞋油。他把鞋刷子和盛鞋油的盒子藏在席子底下,不让别人瞧见,仿佛干了什么见不得人的事,因为大多数男人到了他这个岁数,都变得沉着稳重、规规矩矩了。一想到这儿,我就觉得他怪可怜的。实际上,他正经历着迟到的单调的青春期。他像小伙子一样,讲究起穿戴来了,每天夜里用手当熨斗,硬是把衣服压出线条来。然而,他到底不年轻了,找不到一个知心朋友,可以谈谈自己的憧憬或幻灭。

镇上人大概也注意到了他的变化。不久，便有人说他爱上了理发匠的女儿。我不知道这种说法究竟有没有根据。不过这种流言使我明白了，这些年他之所以那样不讲卫生、吊儿郎当的，原来是因为独身生活和生理性烦躁在深深地折磨着他。

每天下午，人们都看见他到理发馆去，穿得越来越讲究，假领衬衫，袖口上是金晃晃的袖扣，干干净净的裤子，熨得平展展的，只是腰带还系在裤襻外面。他好像一个精心打扮的新郎，走起路来带着一股廉价肥皂的香气，或像一个在恋爱场中屡遭失败的恋人，虽然已经过了那个年纪，还得像初恋那样手捧鲜花登门求亲。

就这样，不知不觉来到了一九〇九年年初。镇上的风言风语看来都是无稽之谈。人们确实看见他每天下午坐在理发馆，和各处来的人闲聊，可是谁也不敢说他曾经见着过理发匠的女儿。我觉得这些流言蜚语真是恶毒透了。大家都知道，一年前理发匠的女儿中了邪祟，一直没好，这一生恐怕很难嫁出去了。听说是有个妖精——一个无形的男人——缠着她。那个妖精大把大把地往她的饭碗里撒黄土，搅浑水缸里的水，把理发馆的镜子弄得照不见人，还动手打她，打得她鼻青脸肿的。"小狗"白费了不少力气，用圣带抽她给她驱邪,用圣水圣物给她治病,还给她念咒。实在没法儿了,理发匠的老婆把中了邪的姑娘关在屋里,往地上撒上一把一把的米,让她和那个冥冥中的求婚者共度了一个冷寂、阴森的蜜月。过后,马孔多人居然说理发匠的姑娘怀孕了。

没过一年,再也没人盼着她能生个一男半女的了。人们的好奇心就开始转移,说什么大夫爱上了她。其实,大家都知道,那个中邪的姑娘一直关在屋子里,等不到求亲的人上门,早已化为灰烬了。

因此,我心里明白,这个说法不是什么有根据的推测,而是一种狠毒的、恶意编造的流言。直到一九〇九年年底,大夫还是每天都到理发馆去,人们也还是风言风语地说什么他们要结婚。可是谁也不敢肯定大夫在场的时候姑娘曾经出来过,也不敢说他们之间什么时候谈过一言半语的。

十三年前的九月和今年的九月一样,也是这么炎热,这么死气沉沉。继母动手给我缝制嫁衣。每天下午,爸爸睡午觉的时候,我们都坐在走廊上缝衣服,旁边摆着几盆鲜花,燃着一小炉迷迭香。在我一生当中,九月总是这个样子,十三年前如此,再往前还是如此。我的婚礼只打算邀请近亲参加（这是我父亲安排的）。我们慢条斯理地缝衣服，那股细致劲儿就跟没有急事、做针线活消磨时间的人一样。我们一边干活儿，一边叙家常。我还在琢磨临街的小屋，想壮壮胆子求继母，最好把马丁安顿在那里。那天下午，我和她谈了这件事。

继母正在缝一条泡泡纱的长飘带。在阳光灿烂、蝉声嘹亮的九月，在耀眼的光芒照射下，她仿佛从肩头起都沉浸在那个九月的云雾之中。继母说："不行。"说完，她又接着做活儿。八年的痛苦回忆掠过了她的额头。"上帝不允许任何人再进入那间屋子。"

马丁是七月份回来的，但是他没住在家里。他喜欢靠在栏杆上的花盆旁边，眼睛避开我的目光。他老爱说："我要留在马孔多，度过一生。"每天下午，我们都陪继母去树林散步。吃饭的时候回来，镇上还没有亮灯。这时候，他常对我说："即使不是为了你，我无论如何也要在马孔多住一辈子。"从他讲话的神情来看，倒也像是句肺腑之言。

那时候，大夫离开我们家已经四年了。在动手给我缝制嫁衣的那天下午，也就是我对继母说把小屋让给马丁的那个闷人的下午，继母第一次和我谈起了大夫的古怪脾气。

"五年前，"她说，"他还在这儿住着，像个牲口似的把自己关在屋里。不光是牲口,还是个吃草的牲口,会倒嚼,跟牛一样。当时人们传说他要和理发匠的女儿结婚。哎哟,那个姑娘可真够刁的,她说她和妖精过了个乌七八糟的蜜月,然后就怀孕了,居然哄得全镇人都相信了这套鬼话。不过,要是大夫真和她结了婚,兴许就没有后来那些事了。可是,大夫忽然不再到理发馆去了,而且十分决绝。其实呢,这又是个新花招,目的还是要一步步地实现他的鬼主意。只有你爸爸无论如何要把这么个品行不端的人留在家里。他住在这儿,像牲口一样,闹得全镇鸡犬不宁,惹得大家都骂咱们,说咱们专和良好的风尚作对。后来,他把梅梅给弄走了,算是达到了目的。都到了那份儿上了,你爸爸还硬是不认错。"

"这些事我从来没听说过。"我说。唧唧的蝉鸣声使院子里吵得像个锯木厂。继母一边说话,一边做活儿,眼睛盯在绷子上,按照花样绣出复杂的图案。她又说:"那天晚上,我们在桌子周围坐下来(大家都在,就缺他一个人。有一天下午,他最后一次从理发馆回来,打那以后,他就不吃晚饭了),梅梅过来给我们端菜,脸色很不好。我就问她,'你怎么了,梅梅?''没事,太太。您为什么这么问?'看得出来,她不大舒服,在灯底下显得迟迟疑疑的,有点病恹恹的样子。我说，'上帝啊，梅梅你不大舒服吧。'她尽力强撑着转过身，端着盘子朝厨房走去。你爸爸也一直在打量她，对她说，'要是不舒服，就躺下歇会儿吧。'她没吱声，还是手托着盘子，背对着我们走开了。只听砰的一声，瓷盘摔了个粉碎。梅梅在走廊上，用指甲抠住墙壁撑住身体。你爸爸连忙跑到大夫住的屋里，叫他来给梅梅瞧瞧病。"

"他在咱们家整整住了八年，"继母说，"我们从来没求他办过多大的事。我们几个女人聚在梅梅的屋里，用酒精给她搓，等你爸爸回来。可是，伊莎贝尔，他们没来！你爸爸整整管了他八年饭，给他房子住，给他干净衣服穿。这一次亲自去请，他居然不来看看梅梅。一想起这件事，我就觉得他到这儿来简直就是上帝对我们的惩罚。八年啊，我们给他吃青草，对他殷勤照料，无微不至，换来的是上帝给我们的教训——在这个世界上，事事都要小心，千万不可轻信别人。八年来，我们供他吃，供他住，给他干净衣服穿，好像全都扔给一条狗了。梅梅病得要死（至少我们这样认为），而他呢，往屋里一躲，死活不肯伸把手。这又不是要他行善积德，只不过是一种礼貌，要他知恩图报，说明他心里装着自己的恩人。"

"到半夜了，你爸爸才回来，"她接着讲下去，"有气无力地说，'用酒精给她擦擦吧，千万别给她吃泻药。'一听这话，就像有人打了我一个嘴巴一样。用酒精搓了搓，梅梅已经好点了。我气哼哼地叫嚷，'是啊，用酒精，用酒精。我们给她搓过了，她也已经好多了。为这点事，我们可用不着花八年的工夫养个白吃饭的。'你爸爸还是那么宽厚，像个傻乎乎的和事佬。'没什么大不了的。将来你就明白了。'哼！真像个算卦先生。"

那天下午，继母的声音很激动，言辞也很激烈，好像又重新经历了一次那个遥远的夜晚大夫拒绝给梅梅看病的事。九月，阳光灿烂，知了叫得人昏昏欲睡，邻居家有人拆门，累得喘吁吁的。迷迭香快要熄灭了。

"可是，就在那些天，某个礼拜日，梅梅打扮得花枝招展的，像个贵妇人一样去望弥撒。"她说。是啊，直到现在，我还记得她举着一把五颜六色的阳伞。

"梅梅啊梅梅。这也是上帝的惩罚吧。当初，她父母快把她饿死了，我们把她救了出来，照看她，给她吃的，给她住的，还给她起了个名字。这也是天意吧。第二天，我就看见她站在门口，等瓜希拉长工给她搬箱子。我不知道她要到哪儿去。她变了，满面愁容，站在箱子旁边（我现在还觉得她仿佛就在眼前哪）和你爸爸说话。这些事都没跟我商量过，恰薇拉。我就像墙上的一张画。还没等问一声出了什么事，为什么家里出了这些怪事我连知都不知道，你爸爸就抢先一步对我说，'什么也别问梅梅了。她就要走了，也许过一阵子就回来。'我问他梅梅到哪里去，他没有回答，拖着木屐走开了。我好像不是他的妻子，而是墙上的一张画。"

"过了两天，"她说，"我才知道那一位一大早就走了，都没告别一声。他到这儿来，就像回到自己家一样，一住就是八年，现在走了，又像离开自己家一样，别说告辞，连句话也没说。这和小偷的作为有什么两样！我估摸着他不肯给梅梅瞧病，准是你爸爸把他撵走的。那天我问你爸爸，他只是说，'这件事咱们得好好谈一次。'打那以后，过去五年了，他也没和我谈这件事。

"这种事只可能发生在咱们家，你爸爸就是那副德行，家里又没个规矩，每个人都各行其是。那时候，我还不知道梅梅打扮得像个贵妇似的到教堂去，你爸爸这个老不死的还拉着她的胳臂在广场上走。在马孔多，人们谈来谈去的就是这件事。我这才知道，她没像我想的那样远走高飞，她就在大街拐角的那栋房子里和大夫一起住哪。他们像两头猪一样住在一块儿,连教堂的门都不进。她可是受过洗礼的呀。有一天我对你爸爸说,'那种异教徒的行为一定会受到上帝惩罚的。'可他什么也没说。是他一手包办了这件丑事,这件公开姘居的丑事。事后,他还和平时一样,像个没事儿人似的。

"但现在我很高兴。事情虽然落到这步田地,大夫到底是离开咱们家了,不然的话,他到现在还得住在小屋里。他离开那间屋子,把他那些乱七八糟的东西和那只连门都进不来的大箱子都带到大街拐角去了。知道这件事,我感到格外心静。我总算胜利了,只不过迟了八年。

"又过了两个礼拜,梅梅开了家小铺子,还买了台缝纫机。她用大夫在咱们家攒下的钱买了台新的多梅斯蒂克牌缝纫机。看,这不是故意气我吗?我和你爸爸说了。虽然他没有反驳我,可看得出来,他对自己干的那些事一点儿也不后悔,反而心满意足。似乎在他眼里,只有跟这个家的利益和荣誉作对,并像他那样宽宏大量、慷慨大方、体贴人,再加上点儿愚蠢昏庸,才能使灵魂得到拯救。我对他说,'你的好心啊,全都喂狗了。'而他还和平时一样,说:

'这事你将来也会明白的。'"

8

真没料到，那年才十二月，就像有本书里描写的那样，已经春回大地了。马丁也回来了。午饭后，他来到我们家，拎着一只折叠箱，身上还是那件四个纽扣的外套，洗得干干净净，烫得平平展展，一句话也没跟我说就径直走进爸爸的办公室，同他谈话去了。早在七月，我们的婚期就定了。马丁回来后过了两天，爸爸把继母叫到办公室，告诉她礼拜一举行婚礼。那天是礼拜六。

我的衣服已经做好了。马丁每天都待在家里和爸爸谈话。吃饭的时候，爸爸再把他的想法告诉我们。我并不了解我的未婚夫，我压根儿没和他单独在一起待过。马丁和爸爸倒像是亲密无间的知心朋友。爸爸一谈起马丁来，好像要同马丁结婚的是他，而不是我。

婚期临近了，然而我一点儿也不激动。我的周围还是笼罩着一团淡灰色的雾气。在朦胧的气氛中，马丁显得虚飘飘的，说话的时候不住地晃胳臂，一会儿系上四个纽扣的外套，一会儿又解开。那个礼拜天，他和我们一起吃午饭。餐桌上的座位是继母安排的。她让马丁挨着爸爸，和我隔开三个座位。在整顿饭期间，继母和我话都很少。爸爸和马丁不住地谈生意。我隔着三个座位用眼睛瞟着他。一年以后他就是我儿子的爸爸了，可是我们之间连泛泛之交都谈不上。

礼拜天晚上，我在继母的卧室里穿上新嫁衣。从镜子里我看到自己面色十分苍白洁净，周围是一片茫茫的迷雾，我不由得想起了妈妈的幽灵。对着镜子我自言自语道："这就是我，伊莎贝尔，穿着新嫁衣，明天一早就要结婚了。"我认不出自己来了，回想起死去的母亲，我觉得自己似乎变成了两个人。几天前，梅梅在街角的那栋房子里和我谈起过妈妈。她说我刚一落地，妈妈就穿着结婚的礼服被放进棺材。现在，我眼瞧着镜子里自己的身影，仿佛看到躺在绿草如茵的坟茔中的母亲的骸骨，周围云烟氤氲、黄尘弥漫。我站在镜子外边，镜子里是我妈妈，她复活了，看着我，从冰凉的镜子里伸出两臂，好像要抚摸隐藏在我新娘头冠上的死神。背后，爸爸站在卧室中央，神情严肃又颇为惶惑地说："你穿上这件衣服，可真像她。"

这天夜里，我收到唯一的一封情书，第一封，也是最后一封。这是马丁在一张电影场次单的背面用铅笔写的。他说："今晚不能及时赶回，详情明早面谈。烦请转告上校，所谈事已有眉目，故不能归。害怕吗？马。"我拿着这封带糨糊味的信走进卧室。几小时后继母把我摇醒，我觉得舌头还隐隐发苦。

说实在的，又过了几个小时，我也没有完全清醒过来。在一个凉爽潮湿的清晨，我再一次穿上新做的嫁衣，身上散发着麝香味儿。我感到口干舌燥，就像走远路的时候想吃口面包，可口水就是不出来那样。从四点钟起，我的教父教母就等候在客厅里。我认识他们，可是现在我觉得他们都变了样，成了陌生人。男人们穿着毛料衣服，女人们戴着帽子闲聊天，满屋子都是喊喊喳喳的说话声。

教堂里空荡荡的。我像活牛走向祭坛那样穿过中间的通道。有几个妇女扭过头来看着我。在这混混沌沌、悄然无声的梦魇中，只有骨瘦如柴、神态威严的"小狗"才教人觉得是实有其人。他走下台阶，用干瘦的手点了四下，把我交给了马丁。马丁站在我身边，神情洒脱，满面春风，跟那天给帕洛盖马多的孩子守灵时一样,只是头发剪短了,似乎是故意让我觉得他在举行婚礼的这天比平时更加令人不可捉摸。

清晨回到家里,教父教母吃完早饭,寒暄了一阵之后,我丈夫上街去了,直到睡过午觉才回来。爸爸和继母假装没瞅见我的尴尬处境,就这样不动声色地过了一天,礼拜一没出什么大的风波。我脱下新嫁衣,包起来,放在衣橱的底层。我想起了妈妈,心里思忖着:这些破布起码还可以给我当寿衣穿。

下午两点,徒有其名的新郎回来了。他说已经吃过午饭了。看见他回来,头发剪得短短的,我觉得十二月的天空不再是蔚蓝蔚蓝的了。马丁坐在我的身边,一时间两人相对无言。我生平第一次对黑夜的降临感到恐惧。想必是看到我流露出这种心情,马丁突然活跃起来,他靠在我的肩头,说:"你想什么呢?"我心里突然咯噔一下:这个素不相识的人竟用"你"来称呼我了。我抬头看了看,十二月的天空像个光彩夺目的大球,亮晶晶的和琉璃一样。我说:"我在想现在只差下点雨了。"

我们最后一次在走廊上谈话的那个晚上,天气比往常热。又过了几天,他从理发馆回来后就躲在自己的房间里不出来了。我记得那天晚上特别炎热、特别闷。然而他却显得少有的通情达理。在这个大烤炉里,蟋蟀干得难受,唧唧吱地叫个不停。迷迭香和晚香玉散发出淡淡的清香,在夜深人静的时候,香气弥漫开来。这一切教人感到还有些生机。我们两个人沉默了一会儿,身上淌着黏糊糊的汗水,那简直不是汗水,而是什么生物腐烂时流出的黏液。他有时抬起头来望望天上的星斗:夏日晴空,月朗星疏。随后他保持着沉默,似乎在谛听如猛兽般活跃的深夜发出的脚步声。他坐在皮椅上,我坐在摇椅上,两人面面相觑,沉吟不语。突然,一道白光闪过,我看到他忧郁孤寂的脸斜靠在左肩上。我想起了他的生活、他的寂寞和他那可怕的精神创伤,想起了他对生活麻木不仁的态度。以往,在矛盾重重、变化多端(就和他这个人一样)的情况下,把我们联系在一起的情感是十分复杂的。但如今,我毫不怀疑我已经深深地爱上了他。我在内心深处发现了这样一股神秘的力量,就是这股力量促使我从一开始就极力地保护他。我感受到他生活在那间黑魆魆的、令人窒息的小屋中的苦恼。环境把他击败了,使他变得郁郁寡欢,惶惶不可终日。突然我看到了他那双冷酷、尖利的黄眼睛。借助深夜紧张跳动的脉搏，我终于看透了他那迷宫般的孤独的秘密。我还没来得及想一想这是为什么，就问他：

"请您告诉我，大夫，您信仰上帝吗？"

他看了我一眼，头发垂到前额，心里好像有点憋闷，不过脸上没有流露出丝毫激动或不安的神色。他还是用反刍动物特有的慢吞吞的声音说：

"这还是头一次有人向我提这个问题。"

"您自己没有问过自己吗，大夫？"

他的神情既不像无动于衷，又不像忐忑不安，似乎对我这个人根本没有什么兴趣，觉得我提出的问题没有意思，对提这个问题的用意更加漠不关心。

"很难说。"他说。

"像这样的深夜，您不害怕吗？一个巨人正在森林里走动，凡他走过的地方，万物都止息不动，惊慌失措，您没有感觉到吗？"

他沉默不语。四下里只有蟋蟀的叫声，远处为纪念我前妻种下的茉莉花散发出温馨浓郁、甚至带些柔情的芬芳。深夜里，一个巨人正在孤孤单单地走动着。

"我相信我不会为这类事感到惊恐，上校。"看上去，他也像周围的东西，像生长在那个炎热角落里的迷迭香和晚香玉一样，有点惶惶不安的样子。"使我感到不安的，"他说着，两眼直勾勾地盯住我，"使我感到不安的不如说是像您这样的人，居然一口咬定说深夜有巨人在走动。"

"我们希望能使灵魂得救，大夫。区别就在这里。"

接着，我把问题又引申了一步。我说："您没觉察到，那是因为您是个无神论者。"

他冷静地、镇定自若地说：

"请您相信，我不是什么无神论者，上校。我不过是不愿意去想究竟有没有上帝。想到上帝存在，我感到不安；想到上帝不存在，我也感到不安。"

不知为什么，我预感到他一定会这样回答。"这是个被上帝搅得不安的人。"我一边听着他说，一边想。他这几句话讲得很自然、很清楚，也很准确，似乎是他从哪本书上看来的。夜阑人静，我有点醉醺醺的，仿佛置身于一个悬挂着许多预言画的巨大的画廊中央。

栏杆后面是阿黛莱达和我女儿开辟的小花圃。每天早晨，她们都要悉心照管那株迷迭香，所以花儿长得很壮实。一到夜间，满屋子花香沁人心脾，我们都能睡得更踏实些。茉莉花的气味有些不正了，但我们还是留着它。这株茉莉和伊莎贝尔的年纪一般大。它的气味在某种意义上说，是她母亲留给我们的纪念。下过雨后，杂草忘了除，蟋蟀就藏在院子的草丛里。大夫坐在那儿，用一条普通的大手帕擦去前额上晶莹的汗珠。

沉吟片刻，他又说：

"我想知道您为什么要向我提这个问题，上校。"

"我是突然想起来的，"我说，"也许从七年前起我就想知道，像您这样的人在想些什么。"

我也擦了擦汗，接着说：

"要么就是因为您生活得这么孤独，我有些担心。"我等着他回答，但他没有搭腔。从正面看上去，他还是那么忧伤、孤寂，我想起了马孔多节日的时候，人们发狂地焚烧纸币；我想起了像没头苍蝇般乱撞、目空一切的"枯枝败叶"，在浑浑噩噩的泥塘里滚来滚去的"枯枝败叶"，憧憬着挥霍无度的生活的"枯枝败叶"。我想起他们到来之前他的生活状况以及后来的变迁。他使用廉价香水，穿着一双擦得锃亮的旧鞋，身后像影子似的跟着那些流言蜚语，而他却一无所知。我说："大夫，您没想过要成家立业吗？"

没等我提完问题，他就和平时一样兜着大圈子滔滔不绝地说开了。

"您非常喜欢您女儿，是不是，上校？"

我回答说那当然喽。他又接着说：

"那好。您有些与众不同的地方。谁也不像您那样喜欢自己动手揳钉子。我看见过您自己往门上钉合页，但其实您手底下有的是人，都能干这个活儿。不过，您愿意自己干。背着工具箱在家里走来走去，看看哪儿需要修理，您把这个叫作享福。要是有人把您家门上的合页弄坏了，您准得感谢他一番。因为这么一来，反而给您带来了幸福。"

"这是一种习惯，"我说，不知道他要把话题引到哪里去，"听说我母亲也是这样。"

他愣了一下，态度很平和，又很果断。

"好极了，"他说，"这可是个好习惯。此外，这还是我所知道的代价最小的幸福。因此，您才有现在这么一个家，并且用这种办法把您的女儿教育成人。我想，有一个像她这样的女儿，该是很幸福的。"

兜了这么个大圈子，他究竟想说什么，我实在摸不着头脑。尽管如此，我还是问他：

"您呢，大夫，您就没想过有个女儿吗？"

"没有，上校。"他说。他笑了笑，旋即又板起脸来，"我的孩子不可能赶上您的孩子。"

毫无疑问，他讲这些话的时候是很认真的。他的这股认真劲儿、这种状态让我觉得害怕。我想：就因为这个，他比任何人都更值得怜悯。应该好好保护他。

"您听人说过'小狗'吗？"我问他。

他说没听过。我说："'小狗'是教区神父。不光是教区神父，他还是所有人的朋友。您应该结识一下这个人。"

"啊，是的，是的，"他说，"他也有孩子，对不对？"

"对这个我不感兴趣，"我说，"就是因为人们太喜欢'小狗'了，所以才有人给他编了些流言蜚语。我可以给您举个例子，大夫。'小狗'绝不是我们平常说的成天光会念经的神父，或是假圣人。他是个完美无缺的人，一个守职尽责的人。"

他在用心听我说话，一声不吭，两只冷冰冰的黄眼珠子紧盯着我的眼睛。他说："这很好，是不是？"

"我相信'小狗'一定会成为圣徒，"我说，这是我的肺腑之言，"在马孔多，还从来没见过像他那样的好人。一开头，大家都不相信他，因为他是这儿的人，上年岁的人都记得他跟其他小伙子一样在野地里逮过鸟。大战期间，他还打过仗，当过上校，这可是个问题。您知道，人们尊敬神父，可并不尊敬兵油子。再说，他从不宣讲《福音书》，专门念《布里斯托年鉴》，开头我们也不习惯。"

他笑了。起初，我们也觉得这件事很可笑。他说："他是个怪人，是不是？"

"'小狗'就是这样。他惯用天时变化来引导这里的居民，他关心暴风雨就像关心上帝一样。每个礼拜天他都要谈谈暴风雨。布道的时候，他不是根据《福音书》，而是依据《布里斯托年鉴》上的天气预报。"

他面带微笑，愉快地、饶有兴趣地用心听我谈话，我也谈得津津有味。我说："还有件事，您一定会感兴趣，大夫。您知道'小狗'是什么时候来到马孔多的吗？"

他说不知道。

"恰好和您同一天，"我说，"还有更奇怪的事哪。假如您有哥哥的话，我敢说他一定和'小狗'一模一样。当然，我指的是形体方面。"

他好像在专心致志地思索这件事。看到他那种严肃认真、精神集中的样子，我觉得是时候把心里话掏出来了。

"那么，大夫，"我说，"您去拜访一下'小狗'吧，您会看到事情并不像您想的那样。"

他说好吧，一定去拜访一下"小狗"。

9

那把冰凉的锁不停地生锈，悄悄地锈住了。阿黛莱达得知大夫和梅梅同居以后，便用锁把小屋锁上了。大夫搬走，她觉得是她的胜利。自从我让大夫住在这儿起，她一直嘀嘀咕咕地反对。最后，她终于达到了目的。十七年过去了，那把"铁将军"依然把住房门。

如果说，我那八年中始终如一的态度已惹得天怒人怨，那么，在我离开人世之前，难免会遭到报应。也许，在我活着的时候，就注定要为所谓人类的义务、基督徒的天职付出代价。这不，早在那把锁生锈之前，马丁就来到我家，夹着一个装满各种计划（我从不知道这些计划是真是假）的皮包，死乞白赖地要同我女儿结婚。来的那天，他身穿一件四个纽扣的外套，每个毛孔都散发出青春的活力，朝气蓬勃、精神焕发，看了真教人喜爱。十一年前，他同伊莎贝尔结婚了。那是十二月的事。九年前，他夹着公文包上路了，里面装着我签署的文件。他答应一旦做完那笔我出钱、他出力的生意，就马上回来。九年过去了，他还没回来，但是我并不能因此就认为他是个骗子。我没有权利认为那求亲只是个花招，目的是要我相信他是个好心人。

但是，那八年的经验毕竟还是有点儿用处的，否则，马丁就会住进那间小屋。这一次，阿黛莱达坚决反对，态度非常坚决、果断，毫无商量的余地。我知道，她宁肯把马棚收拾出来当新房，也不肯让新婚夫妇住进那间小屋。我毫不迟疑地同意了她的意见。这不啻是拖了八年之后，我终于承认了她的胜利。而如果说这一次我们错信了马丁，那么，这个过错应该由我们俩来分担，就我们两个人来说，没有什么胜负可言。至于后来的事情，就远非人力所能及了，好似年鉴中的天气预报一样，是注定要发生的。

记得那之前我对梅梅说：离开我们家，去找一条更合适的生活道路吧。为了这件事，阿黛莱达指着鼻子说我窝囊，说我耳根子太软，当时，我发了通脾气，坚持要大家听我的，照我的意思办（过去我也一向是这样做的）。但其实，我也知道，对事态的发展我是无能为力的。家里的事并不听从我的指挥，而是听从另一种神秘力量的安排。这种力量左右着我们生活的进程，而我们自己不过是无足轻重的被驯服的工具而已。似乎一切事情，都无非是在自然而然、一环扣一环地实现某种预言罢了。

从梅梅开的药铺规模来看（一位勤劳的妇女一夜之间成了乡村医生的姘头，早晚得去开药铺，这本是意料之中的事），我断定大夫在我们家攒下的钱要超过人们的估计。自他行医以来，一边看病一边顺手把钱丢进抽屉里，票子、硬币都没有再动过。

梅梅的药铺开张时，人们认为他就待在后面，但不知被什么凶神恶煞逼得躲在里面不出来。大家都知道，他不吃街上买来的食物，自己种了点儿菜。在开头的几个月里，梅梅还给自己买点儿肉吃。过了一年，她也不买了，八成是总和这么个人直接接触，她也吃起素来了。后来，他们两人一直躲在家里，直到地方当局下令砸开屋门，搜查他们家，在菜园里掘地三尺寻找梅梅的尸体。

大家估计他会一直躲在家里，躺在破旧的吊床上晃来晃去。不过，即使当时人们都觉得他不会再回到活人中间来了，我也还是认为他不会这样顽固地躲下去，也不会一直这样默默地对抗上帝。他迟早要出来。一个人不可能远离上帝、躲在屋里过上半辈子。说不定什么时候,他就会走到大街上,在拐角处无论碰上个什么人都滔滔不绝地讲一番心里话(那些任凭宗教裁判所施尽酷刑也不会从他嘴里掏出来的话。什么手铐脚镣、水烫火烤、钉十字架、压杠子、打板子、烫眼睛、腌舌头、上拷问台、鞭抽棍打,以及美人计等等,全都没用)。在他去世之前,这个时刻一定会到来。

对这件事,我早有把握。自从我们在走廊上交谈的那天晚上起,我就产生了这个想法。后来我到小屋里找他,叫他给梅梅瞧病,我心里就更有数了。难道我能够反对他和梅梅结为夫妻,一起生活吗?过去也许可以,那时却不行了,因为就在三个月前,他倒霉的一生又开始了新的一章。

那天夜里,他没有躺在吊床上,而是仰面朝天地躺在行军床上,脑袋向后仰着,两眼盯着天花板上那块被蜡烛照得最明亮的地方。小屋有电灯,可是他从来不用。他喜欢在阴暗的角落里躺着,两眼望着黑洞洞的空间。我进屋的时候,他一动也没动。不过,我发现我刚一踏进门槛,他就发觉有人进来了。我说:"给您多添麻烦了,大夫。那个印第安姑娘有点不舒服。"他从床上微微欠起身来。刚才,他已经觉察到有人进来，现在看到进来的是我，十分明显，在这一刹那间，他的感觉是很不一样的，这从他瞬间变化的神态中看得出来。他理了理头发，坐在床沿上，等我开口。

"大夫，阿黛莱达希望您去看看梅梅。"我说。

他坐在那儿好像被什么东西触动了一下，然后用反刍动物特有的慢吞吞的口吻回答我说："不必了。她怀孕了。"

说完，他朝前探了探身子，好像在查看我的脸色。他说："梅梅和我睡了好几年了。"

坦白说，对此我并不感到意外，既没有惊慌失措，也没有暴跳如雷，我没有任何感觉。或许他说的这件事太严重了，超出了我能理解的范围。不知道什么缘故，我保持着那种麻木不仁，一声不响地站在那儿，一动也不动，态度十分冷漠，和他以及他那反刍动物特有的慢吞吞的口吻一样冷漠。我们沉默良久，他坐在行军床上纹丝不动，似乎在等我先做出决断。他刚才说的这件事有多么难办，我是完全清楚的，现在再来谈什么惶惑不安，已经为时过晚了。

"局面很尴尬啊，大夫，这您当然很清楚。"我当时只能说出这么一句话。他说：

"人总是有准备的，上校。自己冒的险，心里都有底。

真出了什么岔子，那也是事出意外，力不从心。"

我很熟悉这种拐弯抹角的谈话方式，像以往一样，我不知道他要把话题引到哪里去。我拉过一把椅子，在他对面坐下。他从床上站起来，紧了紧皮带上的扣环，把裤子往上提了提，站在屋子的另一头继续说：

"我的确早有提防。她这是第二次怀孕了。第一次是在一年半以前，你们都没有发现。"

说话的时候，他还是那样无动于衷。他又朝床铺走去。在黑暗中，我听见他在砖地上一步一步慢悠悠地走着。他说：

"上一次，不管我怎么安排，她都说行。这次却不行了。两个月前，她对我说又怀孕了。我的回答和第一次一样：你今天晚上来，还像上次那样。她说，今天不来，明天再说吧。到厨房喝咖啡的时候，我对她说，我等着她。可是她说，她不会来了。"

他走到床前，没有坐下，又转身，开始围着屋子踱步。他说话的声音忽高忽低，好像躺在吊床上一边摇晃一边说话似的，口气很冷静，又很坚定。我知道，我想打断他也打断不了，索性听他说下去。他说：

"但过了两天，她又来了。我全都准备好了。我叫她坐在那儿，我到桌子那边去拿杯子。我说，喝了吧。看得出来，这一次她不想喝。她看着我，脸绷得紧紧的，口气挺硬地说，'这个孩子我不打了，大夫。我要把他生下来，把他拉扯大。'"

他这种轻描淡写的口气把我惹火了。我说："这也不能说明什么，大夫。您这两件事干得都很不漂亮。首先，您在我家里干了这种事；其次，您又给她打胎。"

"但您看，我已经尽了最大努力了，上校。我能够做的也不过如此。后来，我看见事情无法收拾，就想和您谈谈。我本来打算就在这几天找您。"

我说："依我说啊，您心里明白，只要真想把这件丑事遮过去，还是有办法的。您很清楚我们这家人的处世原则。"

他说："我无意给您招惹麻烦，上校。请您相信我。我要和您谈的是这么回事——我想和那个印第安姑娘搬到大街拐角的空房子里去住。"

"这叫公开姘居，大夫，"我说，"您知道这对我们来说意味着什么吗？"

这时候，他又走到床前，坐了下去，向前探着身子，胳膊肘撑在大腿上，继续说话。他的口气变了，开始他的口气是冷冰冰的，现在则变得恶狠狠的，充满挑衅的意味。

他说:"只有我提出来的这个办法才不会给您招惹麻烦,上校。否则的话,我就要说,孩子不是我的。"

"梅梅会把实情说出来的。"我说。我生气了,他说话的态度太放肆了,真是欺人太甚,我简直没法平心静气地听下去。

然而,他却用冷酷无情的口吻说:

"请您相信,梅梅是不会说出去的,这一点我有绝对把握。所以我才对您说,我要和她搬到街角去住,无非是想给您免去麻烦,上校。"

他居然敢断定梅梅不会把怀孕的事推到他身上,而且有这么大的把握。这倒着实教我惶惑不安了。我不由得暗中思忖:他的话不软不硬,可真是话中带刺啊。我说:

"我们相信梅梅就像相信我的女儿一样,大夫。在这件事上,她会和我们站在一起的。"

"有些事您还不知道,要是知道了,您就不会这么说了,上校。请恕我直言,拿她和您的小姐相比,可真是有辱令爱了。"

"您说的这话毫无道理。"我说。

而他还是用那种冷冰冰的语调回答说:"我是有理由的。刚才我说她不可能说出我是孩子的爸爸,我也是有理由的。"

他把头朝后仰了仰,深深地舒了口气,又说:

"假如夜里梅梅出来的时候,您有空从旁监视监视,恐怕您就不会要我把她带走了。如今只好由我来担这个风险,上校。为了不给您添麻烦,死了人由我负责。"

我明白了,他根本不会带梅梅到教堂去,大概连教堂门口都不会经过。然而,更严重的是,听了他最后这几句话,我竟然没有阻拦他。后来,这件事一直像块沉甸甸的石头压在我的心上。本来我有好几张好牌,而他只有一张,可是,他还是凭这张牌逼得我干了一件违心的事。

"好吧,大夫,"我说,"今天晚上我派人去收拾街角那所房子。不过,我有言在先,是我把您撵走的,不是您主动走的。您这样对待奥雷里亚诺·布恩迪亚上校的信任,他早晚会和您算这笔账的。"

我本来以为这几句话准会激得他火冒三丈,正等着他发作一通。然而,他却把他自尊的全部分量压到了我的身上。

"您是个体面人,上校,"他说,"这一点大家都知道。我在这儿住了这么久,这件事就用不着您来提醒我了。"

他站起身来,脸上没有露出胜利的神情。用这种方式报答我们八年来的关照,他甚至也没感到满意。我觉得沮丧不安,心里乱成一团。那天夜里,从他那双冷酷的黄眼睛里,我看到死神正在步步逼近。是啊,我多么自私,由于心灵上的这个污点,在后半生我将要受到良心的谴责。而他呢,却坦然自若地说:

"至于梅梅,你们用酒精给她搓一搓。千万别给她吃泻药。"

10

外祖父回到妈妈身旁。妈妈呆呆地坐在那儿,衣服、帽子都在椅子上,可是人好像不在了。外祖父走过来,看见妈妈愣愣怔怔的,在她眼前晃了晃手杖说:"醒醒,孩子。"妈妈眨眨眼,摇摇头。"想什么呢?"外祖父问。她勉强地笑了笑说:"我在想'小狗'啊。"

外祖父在她身边坐下去,把下巴支在手杖上,说:"真巧啊,我也在想他。"

他们谈得很投机。说话的时候,谁也不看谁。妈妈靠在椅子上,轻轻地拍打着胳臂。外祖父坐在妈妈旁边,下巴还是支在手杖上。就是这样,他们还是谈得很投机。我和亚伯拉罕一起去找鲁克莱西娅的时候,也是谈得这么投机。

我对亚伯拉罕说:"我可等不了啦。"亚伯拉罕老是走在我前面,大约差三步的样子。他头也不回地说:"还不行,再过一会儿。"我说:"过一会儿该吹了。"亚伯拉罕还是没回头,我觉出他在偷偷地傻笑,流着哈喇子,像牛饮完水嘴唇上滴滴答答地流水一样。他说:"得等到五点左右才行。"他朝前跑了几步,又说:"现在去,非砸锅不可。"我执拗地说:"不管怎么着,我就是等不了啦。"他扭过头来看看我,又跑起来,一边跑一边说:"好吧,那就去吧。"

到鲁克莱西娅家得穿过五个院子,院子里长满了树,有好多水沟,还要翻过一道绿色的矮墙,那里有许多蜥蜴。从前,那个矮小子就在这儿用女人的声音唱歌。亚伯拉罕飞速地跑过去,像一块金属片在耀眼的阳光下熠熠发光,背后有只狗在一个劲儿地汪汪叫。跑了一会儿,他站住了。我们来到窗前,小声叫道:"鲁克莱西娅。"声音压得很低,好像她睡着了似的。但其实,她没睡。她光着脚,坐在床上,穿着一件浆过的宽大的白袍子,衣襟一直垂到脚脖子。

听见有人喊,鲁克莱西娅抬起头,目光在屋子里一扫,最后落到我们身上。她的眼又大又圆,像石鸻鸟的眼睛。看见我们,她笑了,朝屋子中央走过来,张着嘴,露出了整齐的小牙齿。她的头圆圆的,头发剪得和男孩子一样。

走到屋子中央,她收起笑容,猫下腰,看着屋门,两手伸到脚踝骨,慢慢地把长袍撩起来,故意慢吞吞的,撩拨人。我和亚伯拉罕趴在窗子上。鲁克莱西娅撩起长袍,把嘴一咧作了个怪相,呼呼地喘着粗气。她那像石鸻鸟一样的大眼睛闪烁着灼亮的光芒,凝视着我们。她用长袍遮住脸,满不在乎地站在卧室中央。我们看见了她白嫩的肚皮,再往下变成深蓝色。她的两条腿紧紧地并拢在一起,使劲使得直打颤。忽然,她猛地把脸露了出来,用食指指着我们,发亮的眼睛几乎要跳出眼眶。她大声喊叫着,全家都听到了。房门一开,一个女人吵吵嚷嚷地走了出来:"你们干吗不跟你们自己妈闹去!"

我们有几天没去看鲁克莱西娅了。这些日子,光顾着穿过树林到河边去玩了。要是能早点儿离开这里,亚伯拉罕一定会等着我的。可是,外祖父一动也不动。他坐在妈妈身边,下巴支在手杖上。我看着他,透过镜片仔细看着他的眼睛。他大概觉出了我在盯着他,忽然深深地叹了口气,晃动一下身子,用暗哑悲凉的声音对妈妈说:"'小狗'要是活着,一准会用皮带把他们一个一个地拴到这儿来。"

随后,他从椅子上站起来,向停放死尸的地方走过去。

我是第二次到这间屋子里来。第一次是十年前。当时，屋里的布置和现在一模一样。好像从那时起，他就一直没动过屋里的东西，或者说，从很久以前那个清晨他和梅梅搬到这里住的时候起，他就再没关心过自己的生活。纸都放在原处，桌子、几件普通衣服和所有其他东西也都在原来的地方。回想起我和"小狗"到这儿来为他和地方当局居中调停，真仿佛是昨天的事情。

那时，香蕉公司把我们压榨够了，带着当初带来的垃圾中的垃圾离开了马孔多。"枯枝败叶"——一九一五年繁荣的马孔多留下的最后一点遗物——也随之而去，留下的是一座衰落的村庄和四家萧条破败的商店。村里人无所事事，整日里怨天尤人。想想过去那种繁华的景象，再看看现在这种困顿的、毫无生气的痛苦生活，他们感到十分烦恼，只有大选的日子（那是个阴沉可怖的礼拜天）还算有点盼头。

就在半年前，一天清早，这栋房子的大门上出现了一张匿名帖。谁也没去注意这张帖，好长时间它一直贴在那儿。后来，下了几场毛毛雨，帖子上模糊不清的字被冲掉了，最后，二月底的几场风把它给吹跑了。可是，快到一九一八年年底的那个时候，临近大选，政府认为必须使选民保持精神振奋、情绪激昂。当时有人向新的当局提起了这位孤僻的大夫。其实，他在这儿住了这么多年了，大家都了解他。但他们告发说：有个印第安女人，在和他姘居的头几年里，开过一家小药铺，生意十分兴隆。那阵子，无论多么不起眼的小买卖，在马孔多都能发大财。他们说：从某一天起（谁也不记得是哪一天，连哪一年也记不清了），药铺就再也没开门。大家以为梅梅和医生一定还躲在里面，吃他们自己在院子里种的蔬菜。但街角的那张匿名帖上说，大夫害怕镇上人假手梅梅给他的饭里下毒，就杀死了他的姘头，把她埋在了菜园子里。这都是些莫名其妙的话，当时根本没有人想害死大夫。照我看，地方上其实早把他丢到脑后了，但赶巧了这一年政府把心腹派去加强警察局和警卫队，这才又想起了他，把匿名帖上杜撰的事翻了出来。地方当局派人砸开大门，搜查了他家，在院子里挖地三尺，还把粪池翻腾了一气，试图找到梅梅的尸体，结果连她的影子也没找到。

那一次，他们很可能把大夫拖走，毒打一顿，然后借口政府办事讲究干脆利落，在广场上把他杀死了事。就在这当口，"小狗"出面干涉了。他来到我家，邀我一道去看大夫。他相信，关于事情的原委，我可以从大夫嘴里得到一个满意的说明。

我们从后门进去，没想到躺在吊床上的竟是一具骷髅。人世间最可怕的莫过于骷髅，而这位来路不明的公民的骨头架子更是惊人的可怕。看见我们进来，他从吊床上欠起身。只见他浑身上下尽是灰尘，屋里其他东西也蒙着一层厚厚的尘土。他面如死灰，只有那双冷酷无情的黄眼睛里还保留着我所熟悉的强大的内在力量。我觉得只要用手指甲在他身上一划，他立刻就会裂成几块，瞬时散架。他的小胡子没了，但不是贴着皮肤刮的，而是用剪刀胡乱剪的，下巴上看不见又密又硬的胡楂儿，只有些又软又白的绒毛。看见他坐在吊床上，我心里想：这简直不像人样了，活像一具僵尸，只有两只眼睛还活着。

他说起话来还是像反刍动物那样慢吞吞的，跟在我们家住的时候一模一样。他说：没什么可说的。他大概以为我们不了解事情的经过，便告诉我们说，警察砸开大门，没有征得他的同意就在院子里用镐刨地。他讲话的口吻不像是在抗议，而且恐怕连抱怨、诉苦也说不上。

关于梅梅的事，他解释了几句，听上去挺幼稚可笑的。不过从他说话的口气来看，倒真像有那么回事。他说梅梅走了，就这么简单。铺子一歇业，梅梅在家里闲得无聊，平时不和人说话，跟外界也不来往。他说有一天，他看见梅梅在收拾箱子，什么也没对他说。后来，她换上出门的衣服，穿上高跟鞋，手里提着箱子往门口一站，还是什么也不说，似乎就是摆出个样子来，好教他知道她要走了。他说："于是我站起来，把抽屉里的钱都给了她。"

我问："这是什么时候的事，大夫？"

他说："您照我的头发估摸一下吧。这还是她给理的哪。"

在这次会面中，"小狗"很少讲话。自打一进屋，看到大夫——这是他在马孔多十五年中唯一一个闻名而未见面的人——那副模样起，他就有点懵里懵懂的。我发现这两个人真是长得太像了（也许因为大夫剪掉了胡子，我觉得他比任何时候都更像"小狗"）。两个人倒不是长相一模一样，但是很像亲兄弟，其中一个要年长几岁，更加瘦小干枯。他们的面部特征就像亲兄弟一样类似，只是一个长得像爸爸，一个更像妈妈。忽然，我想起那天夜晚我们在走廊上进行的最后一次交谈。我说：

"这位就是'小狗'，大夫。上次您答应过要去拜访他的。"

他笑了，看了看神父说："是有这回事，上校。不知为什么我没去。"他还在看"小狗",上下打量着他。这时候,"小狗"开口说话了。

"有个好开头,就不怕什么晚不晚的,"他说,"我很高兴跟您交个朋友。"

我发现,"小狗"在这个陌生人面前失去了平时那股锐气,讲起话来畏畏缩缩的,不像他在布道坛上那样声若洪钟、斩钉截铁。平时他宣读《布里斯托年鉴》的天气预报时,总是那么声色俱厉,咄咄逼人。

这是他们第一次见面,也是最后一次。再往后就是那天夜里的事了。当时,人们苦苦哀求,要大夫去照看伤员,可他却连门也不肯开。人们这才高喊出那个可怕的判决(现在我正在阻止人们执行这个判决),又是"小狗"出面干涉,救了他一命,他才得以活到今天清晨。

我们准备离开的时候,我想起了几年来一直想打听清楚的一件事。我对"小狗"说,我还要在这儿跟大夫说会儿话,请他先去找当局说说情。剩下我们两个人的时候,我问:

"告诉我,大夫,那个孩子怎么样了?"

他木呆呆地说:"什么孩子,上校?"我说:"你们俩的孩子。离开我家的时候,梅梅怀着身孕哪。"他平静地、不动声色地说：

"您说得对，上校。您瞧，我把这件事都给忘了。"

爸爸沉默不语。过了一会儿，他说："'小狗'要是活着，一准会用皮带把他们一个一个地拴到这儿来。"从爸爸的眼睛里，看得出他正强压着激动的情绪。我们等了快半个小时了（现在大概是三点钟）。等的时间愈长，我就愈是担心。孩子那种忐忑不安、六神无主的表情（他好像什么都不想问），那种和他爸爸一样的无动于衷、冷若冰霜的神色，真教我担忧。我的儿子似乎就要在这个礼拜三的炽热的空气中消散得无影无踪了，就像九年前马丁从火车的窗户里挥动着手，一去不复返一样。如果孩子愈长愈像他的爸爸，我的全部心血就算白费了。我祈求上帝保佑他成为一个有血有肉的人，一个和普通人一样有体积、有重量、有肤色的人，但这毫无用处。只要他的血液里有他爸爸的细胞，一切都是枉费心机。

五年前，孩子和马丁没有丝毫共同之处。但自从赫诺维娃·加西亚带着六个孩子（其中有两对双胞胎）回到马孔多以后，这孩子就越来越像他爸爸了。赫诺维娃发胖了，也老多了，眼睛周围出现了几条青筋，原先光润洁白的脸显得有些腌臜。那群小雏鸡穿着白鞋，衬衫上镶着蝉翼纱的花边儿，围着她叽叽喳喳，欢蹦乱跳，她感到很幸福。我知道，赫诺维娃是和一个木偶剧团的导演私奔的。看到她的孩子，我感到一阵说不出的厌恶。孩子们活动起来直胳臂直腿的，好像被一个总开关操纵着。六个孩子个头都很小，一个个吵吵闹闹的，鞋子、衣服上的花边也是一个式样。赫诺维娃的身上挂着不少城里人的饰品，在这样一个淹没在尘埃中的败落小镇上，她那杂乱无章的幸福让我感到悲哀。她装出很幸福的样子，一再抱怨这里的生活条件太差，据她说，在木偶剧团看到的完全是另一种生活。然而，她的一举一动中却蕴含着某种苦涩，教人看了觉得滑稽。

一见到她，我就想起昔日的生活。我说："瞧你，可真发福了。"她脸上立刻蒙上了一层阴翳，嘴里说："或许是回忆使人发胖吧。"说着，两眼直盯在我孩子的身上。她问："那个老爱穿四个纽扣外套的家伙怎么样了？"我知道她是明知故问，干脆地回答她说："走了。"赫诺维娃说："就给你留下这个娃娃？"我说是的，就留下这个孩子。她粗鲁地、放肆地大笑起来："五年才生一个，他可真够熊的。"她一边说话，一边咯咯咯地叫着，在那群乱哄哄的小雏鸡当中走来走去。"唉，我为他发过狂。我发誓，要不是咱们认识他的时候正赶上给孩子守灵,我一定会把他从你手里夺过来。那时候,我很迷信。"

分手前,赫诺维娃盯住我的孩子看了几眼说:"这孩子真像他,就差穿上那件四个扣子的外套了。"打那时起,我愈看这孩子就愈觉得像他爸爸,仿佛赫诺维娃在他身上施了魔法。有几次,他用胳膊肘撑着桌子,脑袋歪到左肩上,两只迷茫的眼睛不知看着什么地方。这副模样让我大吃一惊。马丁斜倚在栏杆上石竹花的花盆旁说"即使不是为了你,我无论如何也要在马孔多住一辈子"的时候,就是这个样子。有时候,我甚至觉得马丁这句话会从孩子的嘴里说出来。譬如现在我就有这种感觉:他坐在我身边,沉默不语,不住地用手擦着热得发红的鼻子。我问他:"疼吗?"他说不疼,还说他在想他会戴不住眼镜。"别想那些事。"我一边说一边给他解开系在脖子上的白带子。我说:"等回到家里,好好歇一歇,洗个澡。"我朝爸爸待的地方望过去。他在叫卡陶雷。卡陶雷是那个年纪最大的瓜希拉长工,个儿不高,长得挺敦实。他正坐在床上抽烟,听到有人叫,抬起头来,用阴郁的小眼睛寻找爸爸的脸。爸爸正要说话,只听后屋里响起了镇长的脚步声。他趔趔趄趄地走了进来。

11

今天中午,我们家闹得一团糟。大夫的死讯传来,我并不感到意外,我早就料到他不久于人世了。但是,万万没想到他的死竟会使我们家闹得不可开交。我想,总得有个人陪我去办丧事吧,而这个人应该是我老伴儿,尤其是三年前我生了那场病之后,她就更没有理由不陪我去了。还有,不久前的一天下午,她翻腾写字台的抽屉,找到了那根银柄的小棒和会跳舞的娃娃。我记得,那时候我们已经把这个玩具忘得一干二净了。那天下午,我们拧紧发条,娃娃和从前一样伴着音乐声跳起舞来。音乐原本是挺欢快的,但在抽屉里放久了,现在声音显得喑哑、悲凉。阿黛莱达一边盯着娃娃跳舞,一边回忆往事。过了一会儿,她扭过头来看着我,眼里噙着悲哀的泪水。

"你想起谁来了？"她问。

我心里明白阿黛莱达在想谁。喑哑的音乐声使周围的气氛显得越发凄凉。

"他怎么样了？"我妻子边回忆边说。也许往事又在敲打她的心扉吧。那八年里，每天下午六点他都出现在房门口，顺手把灯挂在大门的过梁上。

"还住在大街拐角，"我说，"活不了几天了，到时候我们得去给他料理后事。"

阿黛莱达默不作声，出神地凝视着娃娃跳舞。她对往事的追忆感染了我。我对她说："我一直想知道，他来的那天，你究竟把他和谁搅混了？你弄了那么一桌子菜，分明是觉得他像什么人。"

阿黛莱达苦笑了一下，说：

"那天，他站在那个角落里，手里拿着娃娃。要是告诉你他像谁，你会笑话我的。"说着，她用手指了指二十四年前他待的那个地方。那天，他穿着一双齐整的靴子和一套类似军装的衣服。

我本来以为通过那天下午对往事的回忆，他们之间就算言归于好了。所以今天，我对老伴儿说：穿上丧服，陪我走一趟吧。谁知娃娃仿佛依旧躺在抽屉里，音乐也失去了效力。阿黛莱达又伤心又沮丧，垂头丧气的，一连几小时待在屋里祷告。"发送他？只有你才想得出来，"她说，"咱们的倒霉事已经够瞧的了，现在又赶上这个该死的闰年，就差来场洪水了。"我尽力说服她，告诉她我曾经严肃地答应过要办这件事的。

"不能否认他是我的救命恩人。"我说。

"咱们才是他的恩人哪，"她说，"他救你的命，不过是在还一笔债罢了。八年啊，我们供他吃，供他住，供他干净衣服穿。"

说完，她把椅子挪到了走廊的栏杆边上，现在兴许她还坐在那里。悲痛和迷信在她眼上蒙了一层水雾。看起来，她是拿定主意了，我只好安慰她两句，说："算啦。既然这样，我和伊莎贝尔去好啦。"她没有搭腔，还是坐在那里，露出凛然不可侵犯的样子。我和伊莎贝尔走出家门的时候，为了讨好她，我说："在我们回来之前，去教堂为我们祈祷吧。"听到这句话，她扭过头来冲着门，说："我不去。只要那个娘儿们每礼拜二都来要走一枝蜜蜂花，我的祷词就一钱不值。"从声音里听得出来，她的心绪很乱，还在闹别扭。

"我就在这儿傻坐着，等着最后审判。只要白蚁没把椅子吃掉,我就在这儿坐着。"

爸爸停下脚步,伸长脖子,聆听着后屋里愈走愈近的熟悉的脚步声。他忘记了刚才要跟卡陶雷谈什么事。他挂着手杖打算转过身来,但那只跛脚使不上劲儿,差一点儿像三年前那样扑倒在地上。记得三年前,他踩在一汪柠檬汁上,滑倒了。只听得水罐子在地上的滚动声、木屐和摇椅的噼里啪啦声,还有孩子的哭声。他跌倒的时候,只有孩子在场。

打那时起,他就跛了一只脚,整整疼了一个礼拜,我们还以为好不了啦。后来,他那条腿变得僵直,走起路来老得拖着。这一回,眼看他要摔倒,镇长连忙伸手把他扶住,他才算站稳了。我想:他之所以要这样违拗全镇居民的意愿,履行自己的诺言,关键就在这条废腿上。

从那时起,他大概就一直想着如何报答大夫的恩情。他说过,在走廊上跌倒时,他觉得仿佛有人从高塔上把他推了下来。当时马孔多只剩下两个医生,他们劝我们好好给他准备后事。我还记得,摔倒后的第五天,他裹在被单里,身体好像缩小了,瘦得和前一年去世的"小狗"一样。那一年,马孔多全镇居民捧着一簇簇鲜花,一个挨一个地挤在一起,排成悲痛的送葬队伍,把"小狗"护送到墓地。"小狗"躺在棺材里,还是威风凛凛的,可却掩不住被人遗弃的无可奈何的可怜相。后来,爸爸在卧室里辗转呻吟的时候,我在他脸上看到的也是这副神情。爸爸嘴里念叨着一些离奇古怪的事情,说是"八五"战争的时候,一天夜里,一位军人来到奥雷里亚诺·布恩迪亚上校的营盘,帽子和靴子上镶着用虎皮、虎牙和虎爪做的装饰。人们问他:"你是谁?"这位陌生的军人没有回答。人们再问:"你从哪儿来?"他还是不言语。人们再问:"这次打仗,你站在哪一边?"这个谁也不认识的军人仍然一声不吭。传令兵抄起一根燃烧的木柴,凑到他跟前,上下打量了一会儿,才大惊失色地高声喊起来:"我的妈!是马尔伯勒公爵!"

爸爸满嘴胡言乱语,医生们吩咐给他洗个澡。我们给他洗了。到第二天,在他的腹部能够看出一些不易察觉的变化。医生们说,最好还是准备后事吧,说完就走了。

卧室里一片寂静。寂静中,只听到死神扑棱翅膀时发出的缓慢、隐秘的声音。人到弥留之际,卧室里这种隐隐可闻的声音使人感到有一股死人的腐臭气。安赫尔神父给他涂了圣油以后,又过了好几个小时。大家一动不动地盯着药石无效的病人的清癯面庞。过了一会儿,时钟敲响了。

继母要给他喝一勺水。我们抬起他的脑袋，打算把牙掰开，好让继母把调羹放进去。就在这时，走廊上响起了慢悠悠的坚定的脚步声。继母把勺子停在空中，嘴里停止了祷告，转过身去看着门口。蓦地，她的脸色发青，整个人像瘫了一样，只说了这么一句："就是到了地狱里，我也能听出来这是谁的脚步声。"这时候，我们朝门口望去，只见大夫站在那儿，站在门槛处，两眼盯着我们。

我对女儿说："'小狗'要是活着，一准会用皮带把他们一个一个地拴到这儿来。"我扭过脸去看了看停放棺材的地方。我在想：还在大夫离开我们家的时候，我就认为，我们的行动是受一个至高无上的意志支配的。无论是竭尽全力地抗争，还是像阿黛莱达那样除了祈祷什么也不干，我们都没法抗拒这个至高无上的旨意。

我朝棺材走过去。长工们无动于衷地坐在床上。我似乎从飘浮在死者上方的空气中呼吸到一种苦涩的东西，那就是把马孔多引向毁灭的听天由命的气氛。我想，镇长既然已经答应可以下葬，大概不会耽搁太久。我知道，屋子外面，在暑气蒸人的大街上，人们正在伫候着。妇女们趴在窗口，急不可耐地等着看热闹。她们从窗户探出身来，久久地待着不动，忘记了炉上的牛奶已经煮沸，米饭也烧干了。不过，我认为即使这样一种微不足道的叛逆表现，也胜过那些受人压榨、自甘堕落的人们的行为。还在举行大选的那个礼拜日以前，他们的战斗力就很分散。大选一来，他们到处奔走，筹划对策，结果还是一败涂地。他们自以为可以决定自己的行动。其实，一切早已安排妥当，命中注定那些事情一件接着一件发生，最后把我们引到了今天这个礼拜三。

十年前，在马孔多陷于破产的时候，那些希望重振家业的人，如果能够通力合作，本来满可以恢复元气。他们只需要在被香蕉公司毁掉的田野上，清除丛生的杂草，重整旗鼓再干一番。可是，"枯枝败叶"已经被训练得没有这份耐性。他们不相信过去，也不相信未来，只看得到眼皮底下，只图今朝有酒今朝醉。没过多久，我们就发现这些"枯枝败叶"已经走了，而他们一走，根本就谈不上什么重建家园。"枯枝败叶"带来了一切，又带走了一切。他们走后，小镇变成了瓦砾场。接下来就是那个礼拜天——在马孔多举行的那场争吵不休的大选的最后一天。那天夜里，广场上放了四个装满烧酒的大瓮，供警察和警卫尽情享用。

那天晚上，虽然镇上居民的火气很大，"小狗"还是能控制住他们。要是今天"小狗"还活着，他准会提溜着一条鞭子，挨家挨户地把他们赶出来，参加大夫的葬礼。"小狗"用铁的纪律约束着他们。直到四年前（我生病的前一年）神父去世以后，人们还是狂热地遵守着这种纪律。每个人都从"小狗"的庭院里掐一些花朵，折一些枝条，带到他的坟茔前，向他表达最后的敬意。

只有大夫一个人没有参加神父的葬礼。然而，恰恰是因为全镇人都硬着头皮、死心塌地地服从神父的约束，大夫才能逃脱一死。那天夜里——就是在广场上放置四大瓮烧酒的那天夜里——马孔多遭到一伙武装暴徒的洗劫。镇上居民战战兢兢地把死者埋进大土坑。大概是有人想起了在大街拐角还有个大夫，于是，他们把担架抬到大夫家门口，大声喊叫（因为他不肯开门，只在门里边说话）："大夫，您来看看伤员吧，别的医生顾不过来啦。"他回答说："把他们抬到别处去吧，我不会治病。"他们又说："我们只剩下您这一位大夫了。您可得发发慈悲呀。"他还是不开门，闹哄哄的人群估摸着他一定是站在屋子中央，手里举着灯，灯光照得他那两只冷酷的黄眼睛闪闪发光。他说："治病的事儿我全忘光了。把他们抬到别处去吧。"门还是关得死死的（后来也再没有打开过）。马孔多的男女伤员在门口奄奄待毙。那天夜里，人们什么都干得出来。他们扬言要放把火烧掉这栋房子，把住在里面的人烧成灰烬。就在这时，"小狗"出现了。据说，当时"小狗"好像一直躲在暗处，似乎专门守在那里，防止大家毁坏那栋房子或伤害大夫本人。"小狗"说："谁也别碰这家的大门。"据说，他只说了这么一句话，两臂左右伸开，那张牛脸上闪着亮光，冷冰冰的毫无表情。人们的激愤情绪被压住了，火气只能发泄到别处去。不过，大家还是余怒未消，高声喊出要大夫万劫不复的诅咒。今天——礼拜三——这个诅咒终于要应验了。

我朝床前走过去，想叫长工们把大门打开，一边走一边想：过一会儿镇长该来了。我想，要是再过五分钟他还不来，我们就把棺材擅自抬出去，把死者放在当街，这样一来，他就得允许我们把死者埋在房子前面。"卡陶雷。"我叫了一声年纪最大的长工。还没容他抬起头来，隔壁房间就响起了镇长的脚步声，愈走愈近了。

我听见镇长径直朝我走来，打算拄着手杖快点儿转过身去。可是，那条废腿不听使唤，我朝前一栽，心想这下子非摔倒不可。要是碰到棺材沿，脸准得磕破了。就在这时候，我碰着了他的胳臂，使劲抓住了他。他结结巴巴地说:"请放心,上校。我担保不会出事。"但愿如此,不过我明白他这么说是在给自己壮胆。我说:"我也不认为会出什么事。"但其实,我心里想的恰好相反。接着,他说了说坟地里的木棉树如何如何,然后把安葬证交给我。我看也没看,叠叠好就揣到外套口袋里。我对他说:"不管怎么说,该出的事总得出。年鉴上早已经写明白了。"

镇长朝长工们走过去,吩咐他们钉上棺材盖,打开大门。我看着他们走来走去地找锤子和钉子。棺材盖一钉上,人们就再也看不见大夫了,看不见这位不知从何而来的无依无靠的先生了。我最后一次看到他,是在三年前。他站在我的病榻前,脸上布满皱纹,显出未老先衰的样子。他刚把我从死亡中拯救回来。不知哪儿来的一股力量告诉了他我患病的消息,把他带来,又让他站在我的病榻前,对我说:

"您还得练练这条腿。从今往后,八成您得拄根手杖了。"

大约是两天以后,我问他该如何报答他,他大概是这么回答的:"您不欠我什么,上校。不过,要是您想帮我个忙,我只希望在我咽气的那天,您能往我身上盖一层薄土,免得兀鹫把我给吃了。"

从他提出的这个要求，他提出要求的那种神态，以及他在房间的砖地上徐缓踱步的状态中，都可以看出他恐怕不久于人世了。然而又过了三年，扭扭捏捏、姗姗来迟的死神才最后降临。这一天就是今天。我原本甚至认为根本无需上吊的绳索，只要一股微风就足以扑灭残存在他那双冷酷的黄眼睛里的一星生命的火花。早在他和梅梅搬到这里同居以前，我在那间小屋里和他谈心的那天夜里，就已经预感到这一切了。所以当我慨然允下今天要履行的诺言时，我一点儿也不感到惶惑不安。我只是对他说：

"这您就不必说了，大夫。我的为人您是知道的。您一定明白，即使您不是我的救命恩人，我也会顶住一切为您料理后事的。"

他笑了，那双冷酷的黄眼睛第一次露出了柔和的光芒。

"这话不假，上校。可是您不要忘记，一个死人是没法给我料理后事的。"

这件丑事是无法挽回了。镇长把安葬证交给爸爸，爸爸说："不管怎么说，该出的事总得出。年鉴上早已经写明白了。"听起来，他对这件事满不在乎。刚到马孔多的时候，他对自己的遭遇就是这样满不在乎，一心只想保管好那些箱笼，里面装着早在我出生之前就已离开人世的先辈们的衣服。从那时起，一切都每况愈下。继母的精神愈来愈不济，她本来个性很强，说一不二，现在却变得经常唉声叹气。她愈来愈沉默寡言，和我们愈来愈疏远。她的幻想全部破灭了，以至于今天下午坐在靠栏杆的地方说："我就在这儿傻坐着，等着最后审判。"

在这以前，爸爸没再将他的意志强加于人。只有今天，他才挺身而出，履行这惹人笑话的诺言。他相信不会出什么大不了的事。他两眼瞅着长工们忙活着开大门、钉棺材。看见他们走过来，我站起身，一手拉着孩子，一手把椅子挪到窗户跟前，免得大门一开全镇人都看见我们。

孩子有些迷惑不解。我站起来的时候，他盯着我的脸，露出一种说不清是什么的表情，大概是有点儿惶惑吧。现在他站在我身旁，看着长工们汗流浃背地使劲拽门环，他有些迷惘。锈住的铁器发出吱吱扭扭的刺耳响声，房门随即大敞四开。我又看见了大街，街边的房屋上覆盖着一层闪闪发光的白色尘埃，整座小镇显出一副像破烂家具一样的可怜相。似乎上帝已经宣判马孔多是个废物，把它撂到了一个角落，那里堆放着所有不再能为造物服务的镇子。

亮光猛一进来，孩子被晃得睁不开眼睛（门打开时，他的手颤抖了一下)。倏地,他抬起头来,全神贯注地倾听着什么,他问我:"听见了吗?"我这才发觉左近的院子里一只石鹬鸟正在报时。"听见了,"我说,"大概有三点了吧。"这时,响起了锤子敲打钉子的声音。

我把脸扭向窗户,不想听这个令人毛骨悚然的撕心裂肺的声音,也不想让孩子看见我那失魂落魄的样子。我看到我们家门前那几棵落满灰尘的凄凉的杏树。在那股无形的毁灭之风的冲击下,房子也快要默默地坍塌了。自从香蕉公司榨干了马孔多的油水以来,全镇的处境都是如此。常春藤爬进屋里,灌木丛长在街头,到处是颓垣断壁,大白天就能在卧室里看见蜥蜴。我们不再种植迷迭香和晚香玉了,好像从那以后,一切都毁了。一只无形的手把放在橱里的圣诞节用的瓷器弄得粉碎,衣服也没人再穿,丢在一边喂虫子。门活动了,再也没有勤快人去修理。爸爸在跌跛腿以后,不再像从前那样精力充沛,到处活动了。雷薇卡太太过着枯燥乏味、令人烦恼的守寡生活,整天守在永不停转的电风扇后面,盘算着那些缺德事。阿格达下肢瘫痪,病魔把她折磨得筋疲力尽。安赫尔神父好像没有其他乐趣,只是天天吃肉丸子,到午睡的时候,又感到胸闷胀饱。没有变化的似乎只有圣赫罗尼莫家孪生姐妹的歌声和那个总也不见老的神秘讨饭女人,二十年来,每逢礼拜二她都要来我家一趟,要走一枝蜜蜂花。白天,只有那辆布满灰尘的黄火车的汽笛声一天四次打破小镇的宁静,然而火车从来没有从这里带走过一个人。入夜,香蕉公司撤离马孔多时留下的那座小电厂发出隆隆的响声。

从窗子望出去,我看到了我们家。我暗地里想,继母大概还纹丝不动地坐在椅子上。也许她在琢磨着,等不到我们回家,那股将全镇席卷而去的恶风就已经刮过去了。所有人都会逃之夭夭,只有我们留下来,守着那栋装满箱笼的房子,箱子里装着祖父母的日用品和衣服,还有我父母逃避兵祸来到马孔多时马匹使用过的帐子。出于对早年死去的人们的怀念——他们的尸骨即使挖地三四十米恐怕也难以找到了,我们不肯离开这块土地。从战争结束前的最后几天起,那些箱笼就放在屋里。今天下午,如果那场恶风不刮起来(它将会把整个马孔多,连同尽是蜥蜴的卧室以及因思念往事而变得沉默沮丧的人们一扫而光),等我们送葬回来,箱笼依然会放在原处。

外祖父霍地站了起来,拄着手杖,小鸟一样的脑袋往前伸着。他的眼镜戴得很牢,就像是脸的一部分。我想我可能戴不了眼镜,只要一动,眼镜就会从耳朵上飞出去。我一边想一边轻轻地拍着鼻子。妈妈看了看我,问道:"疼吗?"我说不疼,我只是在想我戴不了眼镜。她微微一笑,长长地舒了口气,对我说:"衣服都湿了吧?"可不是,衣服贴在皮肤上,热烘烘的,那厚厚的绿灯芯绒衣服的领口封得紧紧的,一出汗,衣服都粘在身上,挺憋气的。"是的。"我说。妈妈俯下身来,给我解开了脖子上的带子,还用扇子给我扇脖子。她说:"等回到家里,好好歇一歇,洗个澡。"我听见有人在叫:"卡陶雷!"

这时候,那个挎手枪的人从后门进来了。走到门口,他摘掉帽子,蹑手蹑脚地往里进,似乎怕惊醒死者。其实,他是要吓唬一下外祖父。他一推,外祖父朝前一栽,晃了一下,连忙抓住那人的胳臂。那几个瓜希拉人不抽烟了,排成一溜儿坐在床上,活像落在屋脊上的四只乌鸦。挎枪的人进来的时候,乌鸦们正弯着身子悄悄地交谈,其中一个人站起来,朝桌子走去,顺手抄起钉子盒和锤子。

外祖父站在棺材旁边和挎枪的人说话。那个人说:"请放心,上校。我担保不会出事。"外祖父说:"我也不认为会出什么事。"那个人又说:"可以把他埋在外面,靠公墓左边墙外的那块地方,那里的木棉树特别高大。"随后,他递给外祖父一张纸,说:"您瞧吧,错不了。"外祖父一只手拄着拐杖,伸出另一只手接过那张纸,揣进外套的口袋里。那只带链的方形小金表就在这个口袋里。然后,他说:"不管怎么说,该出的事总得出。年鉴上早已经写明白了。"

那个人又说:"有些人趴在窗口,只是出于好奇。但凡出点儿事,那些女人们就爱趴在窗户上往外看。"外祖父好像没在听他说话。他从窗子那儿朝大街张望。那个人走到床前,一面用帽子扇着,一面对长工们说:"现在可以钉了。把门打开,透透空气。"

长工们站起来。其中一个手里拿着锤子和钉子,俯在棺材上,另外几个人朝大门口走去。妈妈站起身来,满脸是汗,面色苍白。她挪过一把椅子,拉着我的手,把我领到一边,好让开门的人过去。

起先他们打算把门闩抽出来,但门闩好像焊在生锈的铁环上了,一点儿也拽不动,似乎大街上有人下了死劲儿,顶住大门。他们当中的一个人靠在门上,开始用力敲,房间里响起一阵哪哪的敲木头声、生锈门轴的吱扭声和锈住的锁发出的嘎嘎声。门打开了。门又高又大,一个人坐在另一个人肩上都能走进来。木头和铁器的声音继续响了好一阵儿。我们还没来得及弄清楚发生了什么事,一道强烈、明亮的阳光就从背后一下子冲了进来。由于两百年来抵挡阳光的支柱被抽走了,光线以两百头公牛的力气一下子冲进室内,把屋里各种物件的阴影一扫而光。仿佛半空中打了一个大闪,人的形象骤然变得十分清晰,他们各自晃了晃,仿佛想尽力站住脚跟,不让亮光推倒。

门打开后,从小镇的什么地方传来石鸻鸟的啼叫声。现在,我看到大街了,看到灼热的、亮闪闪的灰尘,看到对过的便道上有几个人叉着手,斜倚在墙上,眼睛瞄着这间屋子。我又听到石鸻鸟叫,便对妈妈说:"听见了吗?"她说听见了,大概有三点了吧。阿达告诉过我,石鸻鸟闻到死人味才叫哪。我正想把这件事讲给妈妈听,只听得锤子砸在第一颗钉子帽上发出的震耳的声音。锤子敲啊敲,满屋子都是当当当的声音,停了一会儿,又敲起来,一连给棺材打下六处伤口。沉睡的木板惊醒过来,发出悠长、悲哀的叫喊。这时候,妈妈把脸扭到一边去,透过窗子朝大街张望。

钉完钉子,又听见几只石鸻鸟的叫声。外祖父冲那几个人做了个手势。他们弯下腰去,斜着抬起棺材。那个拿着帽子、站在角落里的人对外祖父说:"请放心,上校。"外祖父朝那个角落转过身去,显得很激动,脸红脖子粗的,像煞一只好斗的公鸡。他一声也没吭。站在角落里的那人又开口说话了。他说:"我想镇上不会有人记得那件事了。"

这时候,我觉得肚子里一颤一颤的。"现在我可真得到后面去一趟了。"我想。不过,太晚了。长工们最后猛一使劲,用脚后跟蹬住地,一直身子,棺材便晃晃悠悠地悬浮在灿烂的阳光里了,看上去好像一只沉船。

我心里想:"该闻到臭味了。所有的石鸰鸟都要叫起来了。"

LA HOJARASCA,
© GABRIEL GARCÍA MÁRQUEZ, 1955,
and Heirs of GABRIEL GARCÍA MÁRQUEZ
All Rights Reserved.

图书在版编目(CIP)数据

枯枝败叶 /（哥伦）加西亚·马尔克斯著；刘习良，笋季英译. -- 2版. -- 海口：南海出版公司，2018.8
ISBN 978-7-5442-9245-0

Ⅰ. ①枯… Ⅱ. ①加… ②刘… ③笋… Ⅲ. ①长篇小说－哥伦比亚－现代 Ⅳ. ①I775.45

中国版本图书馆CIP数据核字(2018)第053483号

著作权合同登记号　图字：30-2012-060

枯枝败叶

〔哥伦比亚〕加西亚·马尔克斯　著
刘习良　笋季英　译

出　　版	南海出版公司　(0898)66568511
	海口市海秀中路51号星华大厦五楼　邮编570206
发　　行	新经典发行有限公司
	电话(010)68423599　邮箱 editor@readinglife.com
经　　销	新华书店
责任编辑	黄宁群
特邀编辑	张瑞雪
装帧设计	韩　笑
内文制作	杨兴艳
印　　刷	北京中科印刷有限公司
开　　本	850毫米×1092毫米　1/32
印　　张	5
字　　数	90千
版　　次	2013年1月第1版　2018年8月第2版
	2024年4月第12次印刷
书　　号	ISBN 978-7-5442-9245-0
定　　价	39.50元

版权所有，侵权必究
如有印装质量问题，请发邮件至zhiliang@readinglife.com